台上青衣浑似我

行行渐远·著

上海社会科学院出版社

关于文中所有诗词对联及戏词除"台上青衣浑似我"一句乃当日联友留白的出句，余皆原创。特注。

目录

- 楔子 ... 001
- 一 逢阳夜色：相遇 ... 002
- 二 幼年遭际：活着 ... 015
- 三 乱世偏安：执念 ... 026
- 四 宜安遇旧：入彀 ... 041
- 五 歧路如铸：绝交 ... 053
- 六 暗昧今生：局中 ... 065
- 七 何堪茧缚：相看 ... 078
- 八 梦断长京：远走 ... 093
- 九 南颍孤心：苦寻 ... 108
- 十 清明之祭：相劝 ... 123
- 十一 繁华烟却：情归 ... 134
- 十二 孰为因果：入狱 ... 145
- 十三 天人永隔：出狱 ... 156
- 十四 繁华褪去始繁华 ... 171

楔 子

种种孽缘因错勘,繁华不待晓风寒。
若使今生才具浅,如何僻地不宜安。

台上青衣浑似我

一　逢阳夜色：相遇

"卿本是繁华相，着落这人间苦捱风雨。"

胡琴声歇，红衣失魂落魄地歪在阑干上，散着水袖唱完这最后一句。

余音缭绕，台下无一人出声。红衣顺眼看到了外边的天空，四月的天气灰蒙蒙的，他阴郁的心忽然感到十分的悲怆，忙垂下眼皮扫了眼台下一众痴呆模样，不由暗自冷冷一笑，收回水袖躬身谢场。

雷动的喝彩声当中，似听见满座的酒席间传来声短促的恸哭，红衣不觉一愣，这恸声竟如发自自己心底，只是未及细辨已霎时淹没，抬眼望去，台下衣衫面容晃动如眩晕的潮水。一切依然地陌生而熟悉。

"红衣，这一折《落红》越发妙了。今日座中不少豪族，几乎个个都打了赏银。"半掀的门帘下是杜班头胖大的身躯，他边说边凑近来望着妆镜里的红衣讪讪地笑。

一 逢阳夜色：相遇

红衣没看他，扭头去唤周全："把今日的赏银全捧上来。"

周全迟疑了一下，却见红衣根本不再看他，只得依言转到内间，出来时托盘里装满了缠得花花绿绿的封银。

"是师傅的成全，这么多年来红衣才得今日。"红衣稳坐在镜前说得清晰，"周全，将七成的银子孝敬给师傅做水烟钱。"

杜班头一听，把眼珠瞪得凸出来："红衣你当我什么人了？好歹你是我一手抚养成，人心都是肉长，哪能回回要你这么多的辛苦钱？"

红衣笑了起来，尚未卸下的妆容里眉目间尽是道不出的风情，杜班头这时也看呆了，心想这小子真不是白养了，正适合这碗饭呐，一错神就听见红衣在说："红衣无父无母，吃了这行饭，昔日种种都是栽培，凭这些恩情，就将您当做生身父母了也不为过，况且不是还有三成么？就别辞了。"

杜班头心里熨帖得很，瞅着周全手里的托盘揣度着那分量确实便是今日的全部，就有些红了眼，"这十多年来师傅我手底下过了这么多小伢子，也就红衣你一个，出息了还贴心孝敬着我。"边说边接过了银子，摇头感慨着掀帘去了。

红衣自镜中盯着摆动的门帘，出神了许久才转眼望着垂头不语的周全，蹙眉道："傻着了？给我卸妆啊。"

台上青衣浑似我

　　夜色下的逢阳城半边清静半边熙攘，那边已是更深了尚还歌乐隐隐的，便是逢阳城有名的烟花之地。

　　杜家班是上个月才到的这里，杜红衣却早已熟悉了这一带的曲折巷弄。他是杜家班当家的台柱，来到逢阳便以靓丽的扮相、出色的唱腔一举成名，一个月后，逢阳城无人不知杜红衣；更兼他戏品十分地好，只要有酒楼请戏，也不管座客多寡一律不拿架子实心实意唱到底，这街头巷尾便到处流传着他十多年来的种种学戏生涯，更有说书的将它编成一段传奇，于牙板敲打间拣点糊口的银子。

　　坊间关于他的这些旧事版本很多，不外乎将幼年遭际压到最悲惨，将天赋演绎夸到人神共愤，杜红衣听到只微微一笑，从未置过一辞，说书的于是更没了禁忌，可着劲儿口灿莲花。杜红衣已是大红大紫引领一时之盛。

　　那些烟花巷都傍着城中一条长河，河名曰净水，说是净水，可除了青楼人家之外无人用它。水面也常年漂着一层脂腻，悠悠流出很远方才真正望着清澈动人。这河却有个好处，到了晚间，伎伶的歌声飘过，平添了份荡人心魄的味道；尚有那别出心裁的，于夜间淌着花舟弹琴低唱，灯火隐约间引得城中少年心襟摇荡，这逢阳的烟花巷便由此名动天下。

一 逢阳夜色：相遇

杜红衣坐在软轿中听到歌笑嬉闹渐渐清晰，心里却没有任何的涟漪，连他自己都惊异这份冷定。

自打七岁那年进入杜家班，他似乎便已是这样地内心冷定。

那一年他衣衫褴褛瘦骨嶙峋，同样衣衫褴褛瘦骨嶙峋的女人对他说："活着不活着，从此都在你自己。"

活着不活着，都在自己。这句话十多年来越来越让他印象深刻，这世上早已没了撼动他的彷徨，一切都是自己的选择，而一个昏头昏脑的来自所谓内心涟漪的决定更多的只会带来厄运，当一个人为了活着付出了全部的精力之后，他又哪里还有余力去应付旁支的涟漪。

杜红衣跨入香暖阁一路走过一间间的雅间，一路都是摇曳娇媚的"杜老板"、"杜先生"，他只是淡着脸径直往前走。他知道这些女人心底的念头，这般叫着似乎是很尊崇巴结他，私底下却不知怎样地轻蔑。事实上能邀他到这里来寻欢喝酒本身说明他身份的下三流，尽管他是闻名逢阳的杜红衣。在香暖阁这类的地方，他杜红衣从来都不是主。主是那些叫他来这里的人。

他一路走一路在心里又自冷笑：活着，戏子，一场戏而已。

台上青衣浑似我

　　掀帘进去后就见王九山端个满盏的酒杯泼泼洒洒地绕出来拉他，嘴里呼喝着："红衣你可来迟了，要么你喝了这酒，要么就陪九爷一夜……"还没嚷完就教众人拉开，说："九山你闹啥闹，萧岐兄在这里。"

　　杜红衣就在乱糟糟中拿眼去看那坐在上位的人。那人正看着他，见他望来就温和一笑举杯示意，看去极温朗谦和的一人。杜红衣微微点了点头，随众人安排着落了座，并没太在意。

　　待杯箸齐了，王九山又凑过来，将杜红衣身边的那位一推就大咧咧地坐了下来，指着萧岐对他说："红衣，九爷我没吃过几年墨水，看你的戏就觉着你好看，萧哥可不同，他可是个大才子，名满天下啊，九爷我就服他。今天你那一折《落红》萧哥看了，你猜怎么着？"他说着不等回答，就"咳"地一声重重拍了下杜红衣的肩，"他居然伏案大哭！可见九爷我也要服你一服了。"

　　杜红衣心里一愣，原来那一声恸并未听差，就仔细看了眼萧岐。萧岐正笑着斥那王九山："九山你就会瞎混闹！"说着起身拿酒端正了脸色恭恭敬敬地对杜红衣说："今夜冒昧，因慕先生风采亟盼一会，也就随来此处，改日定当于馨德轩正式相邀，还望先生勿怪为幸。"

一 逢阳夜色：相遇

馨德轩是逢阳城最为风雅的一座茶楼，来往人物风流，向来颇负清誉。

他话音刚落，王九山就不乐意了："萧哥这话是不待见俺。这里怎么了？我看这里就很好，吃香的喝香的还能抱香的，得意了红衣还能吊一嗓子，可是凭爷喜好怎么混闹都成。馨德轩那地儿要酸掉九爷的牙。"说着直着双熏熏醉眼冲着座上的咧嘴嚷道："是不是啊哥几个？"

萧岐见他气咻咻的模样就笑骂："九山你那双浊眼！杜先生分明是个有内秀的人。"

王九山是这逢阳城首富王金达的独子。王金达做的是丝绸珠宝生意，年过半百才有了这根独苗，自是由着他的性子。烟花巷更是因了生意上的缘故日日捧着王九山。

王九山不爱读书，却很是偏爱风雅，因了他为人出手任侠豪爽，倒是结交了一帮真有学问的意气书生，萧岐便是其中一个。如今听了萧岐的话，他不禁转过脸来满眼不信地打量着杜红衣。

杜红衣笑了笑，也站起来，"谬赞了。红衣一介清伶，得蒙青眼，幸何如之。只是我这行不能饮酒，以茶代酒，多谢萧公子的捧场。"

萧岐见他神色间淡淡地，也不再多说，两人一齐饮毕，此后萧岐依然一直温和地笑着看他，也看众人。

台上青衣浑似我

　　《落红》是一出折子戏，原戏说的是一个富家小姐爱上了一个穷书生，不顾家里阻拦随了来，以为自己守着的这份感情最终定然会得个善终，书生将来定然会功名富贵荣华半生，谁知道书生得了她后见并未同时得了钱财，竟然越来越是厌憎于她，到头来更弃之而去，任她在一个春末的雨日病死道旁。《落红》就是小姐临终的绝唱，其中唱词字字血、声声泪，自拟落花写尽凄凉，而杜红衣最爱的便是那最后一句：卿本是繁华相，着落这人间苦捱风雨。

　　他想他杜红衣自幼聪慧，读书人出身的父亲也曾教他把那经史之类细细学过一些，若是好端端地长成，未必便不如萧岐等人，却是天道作弄，沦为一个戏子，湖海飘零之余甚至连个男子的气概也无法撑出，他是个青衣。

　　而萧岐即便是家道没落，好赖是前宰相之子，何况才名远播，他日青云直上不是难事。看他衣着光鲜容貌清雅，显然未经多少风霜，仍是一个众人捧着挥霍家财的纨绔而已。他哭什么？杜红衣不以为然地摇了摇头，认为萧岐能听曲恸哭，无非是风流子惺惺之态，又哪里真正解得其中苦处。

　　只是这人居然能说出"内秀"二字，倒也教他心里一动。

一 逢阳夜色：相遇

隔了几日，萧岐果真于馨德轩设宴邀请杜红衣，其时座上皆是逢阳城中的年少才俊，王九山之流不见踪影。

席间众人行令联句，轮到萧岐吟了句"台上青衣浑似我"让众人来联。席中有知道故事的就笑着打趣说萧兄忘不了那一日呐。杜红衣听了却不禁在心里凉凉地忖着：这样了依然要提醒着人的身份。

众人都一一联了，到萧岐时对了句："台上青衣浑似我，席间老泪却曾谁。"

杜红衣细细品了，只觉抛开自己的敏感身份，单就这两句看去其中别有苍凉意味。人生如戏，戏里戏外只怕早已失却了真身，等到某日某刻一个触机回溯往事，真个是今夕何夕，我是谁谁是我。

这萧岐果然是个有才的。

他心里暗叹着，忽然人声安静，众人的目光都在自己身上，便淡然一笑，联道："台上青衣浑似我，人间好梦每成空。"

语声刚落就有个叫方庆舒的击掌喝彩："杜公子确然当得萧兄器重！此联字字平常，却能于无奇处说尽感慨，是为此道高手。"

这个人自杜红衣一进来就满眼遮不住的好奇与探询，此时眼中光芒大盛，好似发现了稀世宝贝，对着萧岐直笑："难得难得，萧兄你终于遇到对手了。"

萧岐没说话，他看着杜红衣，依然是满面温和的笑，可眼里尽是一片沉吟。

这夜宴毕送杜红衣回去时，萧岐握着他的手说了句：信是人间有好梦，余生不许付长嗟。

杜红衣看他一眼没有回话，沉默着抽出手，转身走进了杜家班的大门没了身影。

黑魆魆的夜里杜家班大门里透出一线光亮，杜红衣跨入时被这光亮勾勒出一个触目的剪影。萧岐站在外边看着，掌中曾有的温度慢慢变成回味，他心头茫茫然地一时分不清杜红衣究竟是向着光明去了还是跨入了彻底的黑暗。

后来只要有杜红衣的戏，萧岐就坐在台下听，也时常接他出去饮茶吃宵夜。

有天晚上，杜红衣才刚下台，就有帖子送进来，说是王九山公子请杜先生去到香暖阁夜宵。

杜红衣卸了妆，带着周全匆匆地去了，只望早去早回，第二天一早福来酒楼还有一场。

到了香暖阁进去一看连他自己里面就三人。另一个就是萧岐。

一 逢阳夜色：相遇

杜红衣心里不觉有些彷徨，不知王九山插进来是什么意思。

王九山却径直上来扯了他坐下说道："九爷我是个粗人，话直可却实在。我也听说了馨德轩一宴，红衣你又多了道声名。不过一个做戏子的终究还是得扔了没用的清高。如今萧哥看上了你，换了谁不是早早打定主意抓着这个出路？难道唱一辈子的戏不成？"

杜红衣听了手脚就有些冰凉。王九山这人他虽不厌，却知道一个富豪子弟终究是轻视他这行，也是却不过脸面每每应约前来作陪，凭他多少有心无心的调笑话也不放在心上，不想今日王九山竟然拆穿了众人平日里的遮遮掩掩，更何况萧岐尚在一旁。一时伤怒交迸说不出话来。

萧岐原本是个"不妨随他去"的心态应了王九山的约，此时看到杜红衣脸色惨白也急了，上去就将杜红衣护到身后，沉着脸对王九山道："九山，自古才人最怕的就是时乖运蹇，以你九山的性子向来是出手相助，怎么说出这样落井下石的话？！"

王九山张着大口愣愣地望了半天萧岐的冷脸，忽然指着杜红衣发怒道："萧哥我这不是为了你么？他一个戏子再如何地才高八斗，还真能正了名声做成个朝廷命官不成？还是个唱小旦的。谁不是趁着红走了这条路？我哪里落井下石了？"

萧岐却冷冷地背过身，"今后萧岐的事你可以不问。"说着拉了

台上青衣浑似我

杜红衣就走。也不理身后的王九山抖唇青脸地在那拍桌子:"萧岐,你站住!你居然为了一个戏子坏了兄弟情分!"

出来后杜红衣不肯要萧岐送,扶着周全执意要独自回去。

杜红衣眼神一派灰暗,周全从未见他这样颓丧,也不敢问,任着他抖着身子死死地攥着自己的肩。回到杜家班,杜红衣什么也不说倒头便睡下。

这夜过后萧岐依然常来听戏,可杜红衣很长一段时间不再跟他出去。这期间王九山也不见踪影。

终于有一日杜红衣松了口随了萧岐出来。那日他看着萧岐想了想说:"王九山的话没错,红衣能做的也不过是陪人一夜,萧公子若有意不妨直说。'信是人间有好梦,余生不许付长嗟'这句我不当真,萧公子更不必做此安慰,空惹来一番念想。"

萧岐倒不知该如何回他,半晌方道:"我也能是一个友人。"

杜红衣听了,转眼望着夜色,终于他笑着边点头边应道:"嗯,友人。"样子有些随意,然而回到杜家班后,他一个人独自在夜里坐了很久,眼里有些发涩。

一 逢阳夜色：相遇

两人关系看着恢复了往常，杜红衣也渐渐肯随他出入各种诗酒聚会。一时间是：夜夜新醒催好句，销金阁上袖云飞。逢阳此日堪寻醉，不辨青红俱舞衣。

沉静下来杜红衣就想：何妨真当自己也是个寻常书生？总不过另一出戏而已。

萧岐某次却忍不住说了句："红衣不这样冷就好了。"

杜红衣当时正在席间笑着自如地应对，听到这话随口回了句："我哪里冷了？"

众人也附和着说红衣是少见的豁朗人哪里冷了，又笑着揶揄萧岐："萧兄莫不是曾在红衣那里碰了一鼻子灰有些怨言？"

萧岐只好笑笑作罢。

到他二人一处时萧岐便指着杜红衣的胸口说："你这里是冷的。"

杜红衣微微一笑拂开萧岐的手指："这话奇怪，这里若是冷的，我还能好端端站这里与你说话么？"

萧岐听了就叹气，有些失落地说："你终是不肯信我。"

杜红衣不再言语，站到窗口处也不知在看些什么。

之后每当只剩了他两人时，常是这样久久的沉默相向。

杜红衣总是想教他如何能热起来？席间老泪却曾谁，呵呵，他不必流泪也知道如今的他早不是他了。

活着不活着，从此只看你自己。那年之后他便在一步步地验证着这一句，哪里还有余隙来顾及自己的心。

那年他七岁，如同待价而沽的羔羊，怯怯地站在杜家班的大堂里。当时就已身型胖大的杜班头阴着脸在捏弄着他的手和脚。他不敢太过逃避，惶惶然地哭着去扯身旁女人的破烂衣裳，女人却一把打去他的手，恨恨地叫着："你难道还不明白，留下来只能等死哪。"

叫声极其尖利惨痛，将他震在当地，恍然明白了他的母亲不是不要他，而是不想见到他死在眼前，抑或是不想死在他的眼前。

很久以后他才醒悟这也是份爱，而这爱上牢固地烙着"离开"两字。

他不敢再哭，含泪转身怯怯地看着杜班头，杜班头看着他却忽然眼里发亮。

母亲走时两手空空，他印象极深刻，此后的日夜他总在心里反复拿这印象告诉自己：母亲并没卖了他。

他记得她掩着面走得跌跌撞撞，带起微微的风拂过他泪痕未干的脸，凉到透寒透寒。风声仿如漩涡，世事洪流便是漩涡下等待着的大口，只剩下他战栗着拼命站住了，他从此就是孤单一人。

二　幼年遭际：活着

活着不活着，从此都在自己。他选择活。

他被指到旦行，从此叫做杜红衣。

一起吃住的还有差不多大的艺名叫涵云的，与大他们两三岁的陈秋。陈秋那时已经小有名气，性子有些挑剔，又大一些，与他两人说不到一处，总是冷冷地独来独往。

涵云是个极清秀的孩子。杜红衣依然记得那时每到夏日，栖霞山上吊过嗓子后，涵云总会扯了他一起去摘棘莓。红艳艳的莓子汁流出来一条条参差挂在下颌上也不知，两人便互相指着弯了腰大笑。青幽幽的山头清幽幽的眼眸，那时的涵云不上妆也娇美犹如好女。

涵云是十二三岁上得的一场发热，从此坏了嗓子。没了嗓子的涵云只能跑跑龙套，性子渐渐变得唯唯诺诺，终日循规蹈矩，生怕杜班头哪日再不要了他。

台上青衣浑似我

可那一日终究还是来了。那日杜红衣正在院中与大家一起习练身段,院里来了四五个生人被引领着去见杜班头,待那些人进了大堂,有几个武行的伢子趁空凑一堆儿不知议论些什么,杜红衣并没怎么在意。可不一会儿就见涵云白着小脸自大堂里走了出来,懵懵懂懂地错了路也不知觉。

杜红衣心知有事,也管不了太多赶上去就拉了他回房,问半天杜涵云才回过神来抓着杜红衣大哭,杜红衣这才知道杜涵云要被卖做小倌,那几个人就是来看模样的。

涵云哭了一夜,半夜里杜红衣搂着他低声说:"跑吧。"
杜涵云却摇了摇头:"出了这个门我还能怎么活?"

第二日清早涵云如同大限将临,神魂不附,到走时忽然醒过神来挣开那些人,冲过来扯住杜红衣的袖子仓皇地说:"多来看我。"杜红衣抓紧涵云的手,两人的手心全都是冷湿冷湿的,交握一处时出不来半点暖意。

过了几日杜红衣终于抽出空儿偷偷跑了去。涵云的下颌越发地尖了,抖着身子说:"红衣,就在今晚了……"

杜红衣的心似被揪住了,他拍着杜涵云的肩安抚:"没事的,都没事你也一样。"可杜涵云没听见一样,依然哆嗦着嘴唇直眼望着

二 幼年遭际：活着

他："昨晚上的央哥就没了，昨儿还一起好好说话的……我见了……身上已没几块好肉——"他靠在杜红衣身上低低地哭，抖得站不住。杜红衣一时只觉得如坠深渊般的暗无天日，他一把抱紧杜涵云绝望地低喊："涵云，你一定会好好的。"

可当他再来时，才进门就被赶了出来，那鸨儿嘴里还乱七八糟地斥着："晦气！老娘这头银子还没赚回来那头人就不中用了……"杜红衣心里登时慌了，叫道："涵云呢？涵云！涵云！"那鸨儿砰地一声关上大门气道："叫死啊叫！他死了！"那一刻杜红衣独自站在门外，如同被掐去了火焰的灯烛，青烟缭绕的尽是寂灭的气息。

杜红衣一直觉得杜涵云便是他一生中最后的温暖。只这抹暖色如同夕阳落尽后的霞色，终于风卷流沙般渐渐无存，凭他如何使劲地要握紧，又怎敌得过冥冥之意。

此后他发狠般地练功，原本就是十分的能耐却还做出了十二分的努力，不两年便和杜陈秋并称杜家班两大花旦。杜班头日日指着这两棵摇钱树过得好不滋润，却渐渐不甘拘于一地，带着戏班子一步步地往繁华地里去作活。

陈秋就是那时节出的事。当时在一个叫南颖的州城，当地州府的一个公子时常来给陈秋捧场，几次来往居然就打动了陈秋，两人暗里好得如胶似漆。

杜红衣跑去劝，陈秋只说："我信他。"

那年冬天腊月里的一个晚上陈秋迟迟不见回房，杜红衣睡得迷迷糊糊地忽然被一阵尖锐的叫骂吵醒。一个班子的人都听到了杜陈秋在骂："杜其璋你欺人太甚！别以为我离了你就不能活。"

杜红衣趴在窗缝边看到杜陈秋在前面气冲冲地走，杜班头站在大堂门口点着陈秋咆哮："你这才几斤几两就敢跟我抖膀子，老子养你七八年，哪日不是好吃好喝地供着，拿你这点银子算什么？你小子敢走！"大堂里的火光照过来，杜班头一张脸扭得变了形。陈秋却霍然转回身，阴冷的空气里站得笔直："你养我七八年？杜其璋，你敢说这几年你从我身上得的还抵不了这些？大家都心知肚明的话就不要放出来混讲。你若是收敛些我也认了，别真当人是傻子了。"杜班头气得发抖："好！好！"陈秋却不再理他，哼了一声往房里走过来。

第二天杜陈秋就真的走了。这前后两件事让杜班头觉得在众人跟前失了脸面，便在屋子里发狠："叫他去！将来死都不知道怎么死的。"

一屋子的人都有些惶惶，那个腊月里杜红衣顶下了所有的青衣

二 幼年遭际：活着

戏。大年三十夜杜班头老泪纵横地拉着杜红衣的手倒了半宿的感慨，在众人面前赌咒发誓，今后他杜其璋一把老骨头一定鼎力栽培杜红衣。

一场喧闹过后，杜红衣踩过爆竹的硝烟回了房，躺在床上睡不着，张眼想着杜陈秋，没想到杜陈秋面上冷冷的却做出这样激烈的事，也不知他与那个公子今后会如何。他想着自己、想着涵云、想这些年下来三个人如今只剩了自己。涵云是懦弱的，陈秋如此决绝，杜红衣心里其实是有些佩服陈秋，他想这事要放他自己身上只怕不能如陈秋这般勇敢。只盼新的一年杜陈秋也能有个新的开始。

谁想刚开春就传来了陈秋的死讯。他与那州府公子的事被捅了出来，遭到了州府老爷的极力反对，老爷子勒令那公子哥离了陈秋禁足家中，为了掩盖丑闻更将陈秋赶出了南颖城。杜陈秋心高气傲的一个人，竟然伤心失望之余在一个春寒料峭的夜里自沉于护城河中。

消息传来，杜班头哈哈笑了几声后便有些心痛地骂道："这个兔崽子心竟这样窄，枉费了我这么多年的心血啊。"

杜红衣却是心灰若死。若说涵云去后他心里尚能对人世抱有几分幻想，陈秋的事却真正叫他意识到自身的处境是如此低微轻贱。入了这一行，只能老死于此。而这样的老死尚还需得奋力才能成就。出路，出路在哪里？不过是杜班头吧，早已清白不得，既如此如何能不早早做了打点。

那年过后杜班头每日里一见着杜红衣就喜上心头：这小子居然这般活络，唱念做打、人情往来竟无一不做得妥帖，当年他可不是白拣了个宝贝么。

杜红衣这样守着自己，心里想着不过是戏一场，这人生只能待幕落后方可重新来过，幕落之前他总得坚持着唱下去。

累到极处时他偶尔会梦见他的母亲，母亲在梦中却总是流着泪望着他什么话也不说。他不禁斟量着：这样地做戏般地活着与随在母亲身边短暂地活过，究竟哪样才算仁慈？

烛火罩在大红的罩子里，室内的红与黑间错着，一样地浓郁。萧岐倚在门边自黑中看着镜子里正在卸妆的杜红衣。红色的灯光反照在身上，杜红衣显得光彩夺人。

周全的手在杜红衣头上上下忙着，杜红衣坐在那里眼看着自己的面容一点点地失去色彩变得苍白，他甚至想冥冥中若能有一只手再揭去这一副皮相，不知真实的自己是否已是颓老不堪。他看一眼

二 幼年遭际：活着

萧岐，萧岐也是一副若有所思的模样，见杜红衣看过来便付以温和一笑。

出了门杜红衣问："你那会在想什么呢？"

萧岐说："你的眼神。红衣看人总似隔了万千云水地投来一眼，教人亲近不得。"

见他又自陷入沉默，萧岐迟疑了一下说："即便真的是云端驻步俯瞰人寰，也叫萧岐挽了红衣一起。"

杜红衣不由停了步望向萧岐说不出话来。

其实萧岐并不明白，他杜红衣并非不相信他，不过是多年来他早已习惯了一个人粉墨登场。杜红衣看着萧岐，那样清澈的眼神使得他也不禁要如陈秋般说一句：我信他。

可这又如何？信任与交付是两个概念。活着是他自己的事，杜红衣认为他这一生最没法给予的便是交付二字，他只能顺着自己的路子往下走，萧岐却不是这条路上的人。

夜里诗酒过后两人沿着净水河一路往回走，杜红衣忍不住问萧岐：明明一肚子的才华，做什么总流连于杯酒残筵。

萧岐笑了笑没说话，就着阑干看远处。

水中的画舫遥遥地依然灯火粲然，妓人的弦歌声在河水上方缥

> 台上青衣浑似我

缈出夜的沉寂。萧岐不出声地看着忽然就叹了口气："红衣你说这人世可荒谬？未入名利场时悬梁刺股好不赤诚，一旦入了却日日为那蝇营狗苟作呕，乃至于要一力远离了才得安心。"

杜红衣不觉笑出声："这真是在上位者的'贵恙'。哪日叫你们如我这般下九流了你就知道生计多难了。"

说完半天却没听到萧岐的声音，杜红衣转头看见萧岐正望着他发呆，萧岐说："你这时候的笑才是全然放松的吧。"

杜红衣默了会，说萧岐你我不是一条路上的人，何必总是牵念。

萧岐却说：终有一日你会明白你我其实没什么两样。你红衣不是什么下九流，我也不是所谓的上位者，如今不是日后也不会是。

杜红衣怔着两眼看着萧岐，萧岐却正了脸色，望向水面低声哼唱："卿本是繁华相，着落这人间苦捱风雨。"唱完了回头看一眼杜红衣，笑得很是畅快。

然而这一年到秋天天下便乱了，乱军自北而南节节逼近京城，逢阳城正是在其行军路线之上。消息散开，逢阳城顿时人心惶惶，可城守刘守备却一心向战，为安抚人心防范细作贴出禁令，严命出入人等一律接受盘查，不许大批城民出逃。更下令让那青楼酒肆依旧歌舞升平，说：逢阳自古温柔富丽之乡，大战将临必不可自乱阵脚，区区乱军其奈我何？

二 幼年遭际：活着

一些大富如王金达之流却早早地偷将产业细软往南方转移，一家人此时已远渡他乡。萧岐家人也已挪往南边亲友处避祸，只萧岐不顾劝阻坚持留在逢阳城中。

萧岐说："红衣，你在逢阳一日，我便在一日。"

杜红衣手持赭木梳细细地梳理着假发："你何必陪我等死。我是没法走，不然早就走得顾不上你。"

萧岐笑："你这个人说话故意这般冷淡。"

杜红衣却转头认真地盯着他说："是真的。你不信？"

萧岐敛了笑，低声道："我信。"心里却是：可我不愿放弃。

城破的那晚杜红衣正在台上，忽然就看见半边火光隐隐是杂乱的哭喊。台下登时乱了，萧岐站起身努力往台边挤，一边大声喊叫："红衣！红衣！"

杜红衣并没听见，只迅速往后台跑去，一边跑一边扯了戏装，到了后边便大声叫："周全！"周全应声而出，拎着个包袱拿着衣裳就往杜红衣身上套。

戏班里乱成一片，院子的地上随处可见孤零零被遗弃的缺角器皿，都是慌乱间打碎了只得弃置当地。人影匆忙，各自逃散。杜红衣仓促打点好自己，便带着周全往外奔。忽然旁边冲过来一个人，紧紧地扯住了他的衣襟。杜班头如同捞到救命稻草一般对杜红衣说：

"红衣,师傅跟你一起走。日后咱们东山再起。"

杜红衣厌恶地推开他的手:"师傅,这个时候了你我各自顾命吧。"说着就要往外走。

"红衣!"杜红衣忽然听到萧岐的声音,一时怔了,萧岐已经赶上来,"红衣,外边车马已经备好,快随我来。"

院外边人流如奔逝的浪潮,蜂拥间哭喊连天。而巷道拐角处果然停了辆马车,五六人牵了马匹在那待命。

杜红衣带了周全上了马车后,一行人正准备扬鞭而去,杜班头却抓着车辕不放,嚎得一脸的眼泪鼻涕:"红衣,师傅养你十多年,你可不能扔下我不管呀!"萧岐看着杜红衣,杜红衣只冷着脸说:"咱们快走。"杜班头急了厉声骂:"杜红衣你这没良心的兔崽子不怕遭雷劈!"

杜红衣一脚将杜班头踢倒地上:"良心?!那年你卖涵云时良心哪里去了?你也别怪我,人世本如此。我不比陈秋,这么多年你不收敛我也认了,可你确实得记牢了别真当人傻子了。从今后我与你杜其璋再无瓜葛。"

杜班头胖大的身躯如泥般瘫在地上,眼看着车马载着他最后的摇钱树就此远去,霎那间只觉得人生如梦,万般经营到头来只消一日便可颠倒,灿灿的黄金大厦顷刻间即变作漫漫覆尘。

二 幼年遭际：活着

一行人逃出城外，杜红衣自马车上伸出头去默然看着远处火光下的逢阳城，也不知这场战火是否真的洗去了往日的浮尘、自己从今后也能脱开些羁绊？他回过头来看着脸色渐渐轻松的萧岐，却觉到心里有些沉重。

三　乱世偏安：执念

杜红衣："乱世自有乱世的好处，人世譬如一盘黄沙，瞬间被只手打翻，你我皆伏落尘埃。于你会如何我不知道，于我却是犹如重生。"

萧岐："生如蝼蚁，高天之外别有冷眼旁观，众生营营如戏，瞧穿了我又何必敷衍其中。贪杯酒、喜声色，求的无非一场真情性，他人谓我如何，难道我必如何？"

车马出了逢阳城后便往西南方向奔去。

途中周全奇怪地问杜红衣："东南地域富饶，逃得去岂不比相对贫瘠的西南容易过活？"

杜红衣微微一笑："南朝最受觊觎的便是东南一带，若要远避战祸，西南才是更佳选择啊。"

萧岐眼中大是赞许，却不知杜红衣心底已在担忧：到那时萧家亲族面前该要如何自处？

三 乱世偏安：执念

一路上难民潦倒之状惨不忍睹，因劳顿伤病死在道旁的不时见到，甚至有的尸身上依稀见出衣着的光鲜。逃亡之路市镇萧条，街铺凌乱，人迹不见，即便是曾经身重万金，此时只怕也难寻到口中之食吧。更何况乱民之间的争命式的抢夺现象随处可见。萧岐他们也曾遭到劫掠，亏得萧家六个家人中有三个会些武艺，一路拼死地将他们护送出来，却也折损了两三人。此时世道真可谓人心浮乱，乾坤颠倒。

杜红衣曾自困顿境里熬过，如今看遍凄惨越发地觉到生命于灾难面前的卑贱。回头又见那叫萧平的受伤家人苍白着脸卧于车中，更是心底黯然，也不知前路还会如何。

萧岐见他神情惨淡，便握住他的手安慰："再走两日便有不同，好赖我们全身而退了，正该好好坚持下去。"

杜红衣看着萧岐眼中尽是鼓励之意，不由自主地点了点头。

萧岐一笑，"累了就躺下歇会。"

杜红衣确实觉得有些倦，便依言躺倒，心里暗叹一声，决定不再自扰，不多时合眼睡去。

萧岐望着那张连日奔波之下有些憔悴的睡颜，怜惜之余心中喜忧参半。他倚靠在车厢之中，看车帘晃动中露出的倏倏后退的道路，想着往日里杜红衣清冷的模样，想着如今两人终在了一处，想着此后又会得如何……

蓦地一阵长声马嘶，杜红衣睡梦里只觉得身子一轻被抛了起来，他一惊睁眼见车内物品乱做一堆，萧岐正伸手拉住车门努力稳住身形，也是一副刚刚惊醒的模样。而耳旁轻声呻吟，自己半个身子正压住萧平的伤腿。

原来道旁忽然冲出了一个人。却是一个蓬首女子，此时正躺在道中气息微微，萧岐一惊之下下车细看才知并非马儿踏伤所致。
杜红衣见此女虽形容脏污面色蜡黄，五官却甚为秀丽，不知这一路来曾经捱过多少惊吓苦楚，一时心内恻隐望住萧岐不语。
萧岐点点头，即叫家人与周全将人抬进车内救治。

赵兰儿是个小户人家的女儿，家道原也算得自足。乱军南侵她在逃亡途中与家人走散，一路上只敢独走僻路，遇到萧岐他们时她已两日未进米水，眼见来的不是兵卒模样，便奋力冲出拦在道上。
杜红衣见她如此羸弱却勃发出强烈的求生本能，不由暗自钦佩。

三 乱世偏安：执念

赵兰儿便从此被收留下来，随着萧杜二人一同往西南而去。

果然越往西南，民生越是安稳。虽没有喧闹的繁华，人人面上却总算不再有一路上惯见的惶乱，身处其中竟有前尘若梦之感。

这日他们来到一座不大的城镇，萧岐遥遥看着城门上的青字念道："宜安城。好名字，疲辕到此正宜安。"他回头对杜红衣笑道，"我们便在这里停下吧。这里不是兵家重镇，西陲僻壤的，战祸应当不会殃及这样的小城。"

杜红衣跳下马车，见此城北踞巍然高山，东面的来路上亦是绵延几重山脉，往西往南都很开阔，一眼望去遍是苍莽绿意，气候宜人，的确是个居住的好地方。

萧岐走上来牵住杜红衣的手，见他眼中光彩流动，不由相视一笑一齐往城中走去。

宜安城中的一处宅院里，这日杜红衣一早起来心里有些计量，便向萧岐房中走来。正要推门而入，里面传来萧平的声音："……那杜公子当日在逢阳就有些冷淡，如今时事都变了，只怕公子的一番心意终究要落空……"

杜红衣心头震动便停在了门外屏息静听萧岐的反应。

里面却是一片沉默，不一会是簌簌写字的声响，接着便是萧岐如常的说话:"你的伤势既已痊愈,待我修书一封,你即日启程送往老夫人处,报个平安吧。就说我有事羁留,一切都好,等天下安定了再去接她回逢阳。"

萧平连声答应着匆匆推门而去,并未发现倏然隐于廊柱后的杜红衣。

杜红衣也不知自己究竟要躲什么,似乎只是本能地匿于柱后。

良久,门里传来萧岐的一声叹息,吱呀一声房门被合上。

杜红衣一时听得呆了,好半晌才定了定神举手去敲萧岐房门。

"求学于萧岐?"萧岐有些疑惑地看着杜红衣。

"正是。我自幼家贫又兼早早失怙所学着实有限,你是天下闻名的才子,如此近水楼台怎可闲置?"杜红衣说得正色。

萧岐笑了起来:"红衣深具天赋,昔日大家一起赋歌联诗时便已才华尽现,如今竟说出这样的话。"

杜红衣摇了摇头:"毕竟是游戏之作当不得真,这学问还是要好生向你这大才子请教。"

萧岐见他甚是郑重,便也收了笑,低头沉吟了会,"红衣想学什么?"

"经史典籍,琴棋字画,但你会的,还望不吝教我。"杜红衣一揖到底。

三 乱世偏安：执念

萧岐赶紧扶起："这样却是过了，与红衣一处本就打算闲日里谈诗论词一番畅快，不过是共进之事，如何当得这大礼？"

"那就这样定下了，首先习论经史，闲时你指点我习字，我们今日便开始？"

见他眼里喜悦一片，萧岐微笑着点了点头。

萧岐后来总是想杜红衣也许这时便已真正离自己远去了。那些日子里杜红衣从不问萧平为什么出门，萧岐见他不问便也不说，两人之间此时已是真正地若即若离。

杜红衣本自聪明，稍经点拨便是一番不同，两人一教一学各自都感到一份畅快。

某日已近午时杜红衣犹自习练不辍，萧岐便于一旁喝茶陪伴。

杜红衣全然陷入欣喜之中，只觉笔划的抑扬顿挫之间妙趣无穷。他不断沾墨书写，急切间墨迹飞上脸颊也不知觉，萧岐见了不禁微笑，便走近去伸手为他擦去。

杜红衣抬头茫然地看着萧岐，萧岐说："别动，一下就好。"说着一下下地轻轻擦拭。

杜红衣回过神来见咫尺之间的那张脸上尽是温柔之色，忽然念起萧岐早前的那声叹息，不觉怔然不动地看着萧岐。他想这样一个

台上青衣浑似我

人究竟为什么就将一腔情意放在了自己身上，而自己如今还能投以木瓜报之琼裾么？

萧岐见他忽然神色黯然，以为是急进之下的颓丧情绪，便笑道："陪你这么久了，就是轮也轮到你陪我了。"

杜红衣闻言更深地看着他，"你，要我怎么做？"

萧岐一愣，猛然觉得这对话别具含义不由有些狼狈，忙摇手急急辩说："不，不是。"

杜红衣却已轻松笑道："抱歉，我只顾了自己。你先去歇息吧，我也倦了，待养好了精神再来找你。"说着转身就走了出去。

剩下萧岐惘然当地，他想他为什么就不能做到这样地轻松离去？与杜红衣越是近距离接触他竟越是不能割舍其中一份强烈的同质感。

杜红衣却呵呵地笑道："萧岐你心性清清如水，我杜红衣却是跌落红尘的一大魔障。我们俩怎么就会走到一起？"

萧岐不答，只拈起杜红衣近来的一叠习字稿，自下中上层分别抽出一张来铺于案上："不过半月，余红衣的字滞涩全无，笔画间不失法度且可见性情独抱，这进展却非勤练二字便能做到。"

杜红衣微笑："哦？应是你教导有方吧。"

三　乱世偏安：执念

萧岐摇了摇头，深深望着杜红衣良久方微叹："若说魔障，不是你红衣而是这万丈红尘。我一直相信能将那句词唱到那样传神的，定然隐藏着一个不同于众的心念。"

"唱词？卿本是繁华相？"杜红衣轻蹙道。

萧岐肯定地看着他，杜红衣淡淡一笑望向窗外。

已是黄昏，阳光轻淡地投在杜红衣面上，他眼里却没有任何绮软。自从离了逢阳城的这些日子，杜红衣似乎越来越出脱出一份年轻男子应有的鲜活。

萧岐觉得有些炫目，心底忽然涌出一些话，不由自主地冲到了口边梦寐似地轻声说了出来："你我都不是这红尘中的浊物。这繁华相三字原也是一派清清如水。红衣你可懂了？"

杜红衣回过脸来看着身旁暖光里的萧岐，在这样一个黄昏时分，他发觉自己的内心诧异而悸动不已。

萧岐也看着他，渐渐垂下眼笑了下，这简单的动作却令杜红衣觉到惊心动魄。

"两位公子只知有心不知有腹么？"蓦然房门外传来一声轻柔，赵兰儿站在门槛边抿唇微笑。

杜红衣与萧岐不禁都笑了起来："什么叫有心有腹？"

"所系惟书画，毋知有稻粱。"赵兰儿笑意扩大。

房内两人都是一愣，这才省起腹内已是空空。

萧岐夸道："兰儿好才华！这一联信手拈来却很工整。果然腹君大过心君，走，我等不及要去享受兰儿的手艺。"

赵兰儿微红了脸儿，退一步低头候他俩出来。

杜红衣却在经过她身旁时停下来看着她低声说了句："辛苦了。"赵兰儿脸越发地红了，轻轻摇着头想抬眼却心慌莫名，头便埋得更低起来。

斜阳已没，萧岐走出来后忽然就觉得四周的寒凉扑簌簌地霎时侵进心里。

赵兰儿自小聪颖父母甚为疼爱，因她爱书便也为她延请了先生教识文字，虽教授时日不多可她凭着天赋倒也有番作为。

为谢相救之恩，也为求得个安身之所，赵兰儿后来主动要求担负起炊饮女红之务。萧岐见她模样清秀举止有度倒也并不慢待，杜红衣更是被勾起幼年的伤痛对这赵兰儿别有一分怜惜，只是都拗不过也就随她意愿。

在赵兰儿的眼里，萧岐与杜红衣两人都是她从未见过的才貌并秀的男子。萧岐温朗，说话间总是如和风扑面，如同一位兄长令她

三 乱世偏安：执念

敬仰万分；而杜红衣虽是年岁不大眉宇间却有所积郁，加上杜红衣不时流露的关切之意，不知不觉一腔少女情怀尽在了他身上。

萧岐说："兰儿这样随在我们两个男子身边，久了终究不妥，怕是会误了兰儿的终身。"

一言毕，赵兰儿已是泪眼盈盈："乱世身同浮云，如今家人生死渺茫，兰儿留得一命已是万幸，不想还能得到两位公子的照拂，兰儿无以为谢愿终身侍奉，求公子不要将兰儿赶出门去。"

萧岐听罢看一眼杜红衣，后者沉默不语，便轻叹一声再不提这个话。

到晚间杜红衣拿着书本坐在案旁看，萧岐于一旁在灯下画一幅竹子，瞥眼见杜红衣心神不宁，半天不见翻动一页，他心里隐约明白却也不语，只凝神抖腕笔下如行云流水，室内一片安静。

"萧岐——"杜红衣终于开口，萧岐心头一跳便不觉顿住笔，霎时宣纸上洇出一坨墨。

萧岐看着那坨墨迹，在整幅笔致流畅的画卷中有这样一笔显是坏了此作。他想揉团弃去又觉可惜，或者还能修改一二也未可知，便放下画笔看向杜红衣。

杜红衣正垂着眼皮斟酌着继续说道："你知道，我再不会上台……"

"嗯。"

台上青衣浑似我

"这些日子以来我跟着你读书论史,联诗赋词习练字画,等等作为图的无非是谋个新生。那日你称我为弟,红衣心里很是感激……"

萧岐又轻"嗯"了一声,心里说不清是何滋味。

杜红衣指的是遇到赵兰儿那日,萧岐对她说:"这是舍弟杜——寒。"

杜红衣当时不知为什么心里便是一松。后来萧岐决定停驻宜安并未带着杜红衣奔往亲族处,杜红衣更为感念。

原本杜红衣早已做好与萧岐分道的打算,自此似乎再无理由提出,便也按下心来好好过活。然而那日萧平的一番话,以及其后得萧岐悉心指点受益良多,心里毕竟不能轻松放下。

"我心里一直存有执念,于此乱世实为称愿的良机。萧岐你可明白?"

萧岐见杜红衣投来的眼光里几许渴求,不禁心神黯然。

"你对我的心意我何尝不知,旧日在逢阳红衣也曾有过'不妨直说'的话,然而时至今日,只怕红衣……"杜红衣望着情不自禁走近的萧岐,忽觉心头惘然已极,然而还是垂下眼皮轻声说完,"只怕红衣今生终是要辜负于你。"

三 乱世偏安：执念

萧岐只觉心头剧痛，怔怔然望着杜红衣说不出话来。眼前是烛光下容颜俊秀无匹，思及其人往日笑容之下的泠然寂寞如此可怜可爱，可教他如何割舍？不由伸出手去轻轻抚在杜红衣的唇上，一时如梦似幻。

却见杜红衣双目紧闭面色有些发白，萧岐倏然收手回袖稳声微笑："你忘了那日我的话，'我也能是个友人。'"

杜红衣讶然睁眼，只见萧岐面上一派干净温朗。萧岐说："你放心，萧岐今生并没指望能遇到红衣这样的男子，既遇到了自当倾意相交，也不枉了上天对我的一番体念。"

此后二人如故相处，只是每当赵兰儿来到，萧岐总是借故离开不见半点不如之色。杜红衣不禁想难道真是看错了萧岐？

赵兰儿看着杜红衣望着萧岐远去背影时的模样，感慨道："你们兄弟感情如此深切。"

杜红衣一震，默了一会说："他并非我兄长。"

他转回头正对上赵兰儿一双信赖的眼睛，不由叹了口气："我幼年家贫无以为活……是萧岐救了我。"一时历历旧事如云烟般掠过心头。很多事他实在不想再提，旧日种种譬如昨日死，他想他这样说也并没混骗了赵兰儿，家贫是事实，萧岐救了他也是事实。

杜红衣觉得他与赵兰儿的日子属于热念炽生的将来，与往事没

台上青衣浑似我

有一点瓜葛，又何必再细为言说？

萧岐心里却并不平静。眼看着赵兰儿眼底的钟情一日浓似一日，那两人情好非常，他就如多余的人一般。那边老母亲也传来责怪的书信。这些日子里他直想着放弃算了何必于人于己徒增烦恼。可又舍不得，心想等杜红衣不再求教了再走也不迟。

杜红衣却分明觉出了萧岐的日渐消瘦。这天他终于忍不住一把抓过萧岐掌骨棱棱的手，萧岐正仔细示范着笔法的要旨，猛然被他如此，吓了一跳笔也掉落纸上墨迹狼藉。杜红衣却又放开了他，说："把自己弄成什么样了！"

萧岐愣住的同时心里尽是说不出的紧迫甜喜。

杜红衣看着他微微摇头："萧岐，不值得的。这样下去不成，不如早些了断，我与兰儿出去。"

"嗯……你……决定了？"萧岐迅速垂下眼，可他眼里骤然聚起的沉痛却并未躲过杜红衣的眼。

杜红衣心里不觉生出一些恨意，扭过头去不看他，"我欠你的够多了，非得要我负疚至死么？"

萧岐慢慢坐到椅上，温然而笑："有索才有欠，你没有欠我什么。所以，红衣若是决定了萧岐没有二话。"

三 乱世偏安：执念

杜红衣沉默不答，过了一会转身就出了房门而去。

萧岐看着他决绝的背影心知缘分销尽的日子不远了，不觉茫茫然独自坐了很久。

可杜红衣终究没有再提出去的话，每日里照常向萧岐请教习学，只午时过后若有余暇不再与赵兰儿在院中待着，他带着赵兰儿一起出门将城里城外游了个遍。

赵兰儿心情愉快如同放飞的鸟儿。杜红衣会于集市上为她买些花粉簪镯，也会在城郊的柳堤上陪着她细细地说话闲步。

杜红衣看着赵兰儿身姿轻盈青春美好，一时心头阴霾尽散十分畅快，他觉得这才是他应该拥有的。

而这个时候的乱军已经逐步控制了大局，南朝被挤到了东南一隅，凭着大江的天然阻隔苟安下来。江北很多要塞重城都换了新的守军，渐渐地一些偏远小城也派遣了知州。其中也有一些南朝守将一意抵抗，战火却是并未全然停息。好在权位初定，为了稍作整修以一举灭了偏安的南朝，每拿下一座顽抗的城池，那新王除了征集兵力倒也并无多少残暴之举。

宜安城里萧岐教得越发地细致，也越发地快速了。两人都觉到

台上青衣浑似我

了一种绷紧的感觉,却谁也不说只等着岁月的猝然一击,之后分崩离析两厢里再无聚时。

　　杜红衣觉得自己快要窒息了,于是他带着赵兰儿在外边游荡的时间也越来越久。

四　宜安遇旧：入彀

　　萧平在院子里急得转圈圈，不时跑出大门去张望一下，又回头隐忍地望一眼没有动静的厅堂。宜安城五月的天气竟已经有些闷热。

　　萧岐坐在厅中一直垂眼盯着门槛不说话。

　　"萧安还没回来么？"

　　"没有。公子，再不走就要错过宿头了。"萧平进来迟疑地说。

　　萧岐抬头望了望天，起身叫上另一个家人萧义，"不等了，出城的时候碰碰看，兴许能遇上。"

　　马车出城，一路不见杜红衣他们。萧岐怅怅地放下车帘，闭了闭眼说道："咱们走吧。"

　　外边萧平就一鞭甩在马身，看着天色他有些着急，心想早该动身了。

　　没想到不一会就见前面驰来一匹马，上面坐的就是杜红衣。

族中传来书信，萧岐母亲病重思子。

杜红衣听萧安说萧岐一直在等着自己，他也不知怎的心就揪着了，让萧安与周全照应着赵兰儿，他自己跳上萧安的马急急地上了大道就往城里赶来，直到看见萧平赶着的马车才松了口气。

杜红衣一把拉开车帘上了马车。

萧岐没有说话，只是靠在车厢里直勾勾地看着他。

刚才奔得有些急，杜红衣气息还没完全平定。他想说点安慰的话缓解一下气氛，萧岐的样子却让他终于抵受不住地转开头，说："我送你一程。"

沉默中萧岐忽然倾过身来把杜红衣的双手合握在掌中，眼圈有点泛红，十指不安地重复着交叉握紧然后又放开的动作，埋头低声叫着："红衣……红衣……"

萧岐觉得自己一肚子的话，却不知该从何说起。这分离里有种令他一直十分惊心的东西。他有股强烈的预感，似乎这一去后他与杜红衣再不能如从前，虽然从前也没怎样。

如果说近来一段时间他与杜红衣之间的关系已是细薄如丝，此时便是细丝终于绷断各自杳然了。那猝然的一击终于还是来了。

杜红衣心底却是一片混乱，似轻松却又很沉重。他只是怔怔地

四 宜安遇旧：人殻

看着这一切，看着萧岐将唇印上了他俩合握着的手，蓦然便有了一丝疼痛的感觉。

萧岐把手轻轻往怀里带，拉近杜红衣，说："红衣，我能亲亲你么？"

杜红衣沉浸在乍然而来的痛感中，听到这句他没说话，仍是看着萧岐神情恍惚。

两人四唇相接时，杜红衣才惊醒一般一下推开了萧岐。

萧岐犹如当头一盆冰雪，看着决然背过身的杜红衣，迷乱中他艰难地挣出一句："对不起……一时昏了头……"

杜红衣脸色有些发红。

想到当初信誓旦旦地说"我也能是个友人"，萧岐不知他会怎样看待自己。车内气氛板滞到萧岐几乎想一头撞死。

终于杜红衣说："你别急，路上还是多加小心。"

"嗯。"

"也别担心这边。过去好好尽些孝心，也算是……解我一点心结。"

萧岐垂眼又应了一声："好。"

车马辘辘。两人又无话了。

杜红衣挪动了下,说:"我下去了。"

萧岐抬头看他,半晌说:"好。"

马车疾驰而去迅速缩成微小的黑点。杜红衣牵着马儿一步步往回走,一点点收拾自己的心情,直到望见城门上青色的"宜安"。

野地的风驱散了空气中的一些闷热,他站在那里遥遥看着宜安城,终于叹了一口气。

不论如何,他与萧岐的一切终究要成了过往,宜安城中陪伴他的会是青春静美的赵兰儿。他想他最不能放弃的心念就是平常地活一次,如世上任何一个正常的男子一般。名利就罢了,他要求的是心底里的一份充实与踏实。

而萧岐,无论战乱前后都不可避免地成为杜红衣的异路之人。

萧岐走了十多天,没有任何讯息传来。十多天里宜安城换了新的知州,原来的知州没有任何兵事抵抗,亲自出城将新知州隆重迎了进来,正式成为新知州的副手。

宜安城中人人收敛,没事不出门,商肆往来比往日稀少很多,夜市也早早打烊收摊。都说是新官上任三把火,何况这改朝换代的。

赵兰儿静静地坐在房中拿着一个花绷子绣着。自从萧岐走后,他两人就很少出门。杜红衣往往在书房中一呆一整天,书看累了便

四 宜安遇旧：入毂

疯狂临帖，写满字的纸积厚成堆。

赵兰儿见那些字如泼墨般飞洒，遒劲处直要刺透纸背，满眼的奋然而不可得，如狂奔的囚徒找不到出路。赵兰儿每每翻着翻着便不觉蹙眉沉思。只是杜红衣在她面前从未吐露半点抑郁，依然是如从前一样地关爱有加，她只得偶尔抱怨一下他不够珍爱自家身体。

杜红衣便微笑着应：以后一定注意。可没过两天又开始埋头写画了。

萧岐一去别无音信，前几日宜安往南的几处地方闹了起来，还是宜安城派出了部分驻军才平息了。也不知萧岐去后会不会遇到类似状况，杜红衣控制不住地担忧他一路的平安。

而他并不想在赵兰儿面前流露出来，更对自己这样病态一般的牵挂感到烦扰不已。

他痛恨自己的不能决断。他瞥见过赵兰儿手中绣的是一对戏水鸳鸯。在他已经为自己铺好了来日之路后，竟然没法让自己安然地踏上这条路。

赵兰儿捧着菜馔进来时见杜红衣正狠狠地撕着字纸。她一愣放下手中的东西正要上前，杜红衣已经走过来说："兰儿，我们一起去吃吧。"说着端起案上的盘子就往门外走。

饭后赵兰儿迟疑地问:"书读得不痛快?"

杜红衣笑了下,安抚着说:"没有。真不痛快了就不读。不过是那几字写得不甚满意。"

赵兰儿低了头没再接话,过了会忽然轻声说:"我也很担心他。不知是不是路上耽搁了书信。"

杜红衣心头震荡,正要说什么,赵兰儿已经笑了起来:"我们在这里平白地担心,说不准明日人就回来了。"

杜红衣心里烦闷,勉强笑了一下。

夜里,赵兰儿盯着手上的花绷子一个人想了很久才睡下。

第二天杜红衣来看她时,发现她一直在绣着的鸳鸯戏水不见了,她手中拿着的是另一幅寻常的花鸟图样。回去后他就怔住了,他记得那幅针绣细密斑斓不过才绣了一半。

杜红衣大梦初醒般地蓦然意识到,已有什么悄然袭入了他与赵兰儿之间。

天气有些闷燥,城外的山边上乌云叠加,杜红衣一个人在摊铺前走着。

他在寻找一支玉簪。半个多月前赵兰儿曾经看中它,簪头是简单的云纹螺积而成,颜色浅淡,光泽莹润,簪在赵兰儿发间越发显得她乌发雪肤,眼中尽是娴美流动的光彩。只是它要价二两纹银,

四 宜安遇旧：人骸

赵兰儿当日说什么也不肯杜红衣买下。

晚饭过后，赵兰儿收拾完了正要回房，杜红衣叫住了她，将软缎包裹着的玉簪轻轻推到她面前。

打开软缎，赵兰儿没有吭声，眼圈却渐渐有些微的泛红。

杜红衣说："兰儿，我只是想让你知道，你是我在这世上很重要的人。有什么不好杜寒都能忍下，却惟独不愿委屈了你。"

赵兰儿的泪水终于扑簌而下。她垂眼站在那里不说话，只是咬着唇轻轻点头。

杜红衣看着她叹了口气，起身走过去拥住赵兰儿的身子，说："有些事我一时没能顾到，兰儿千万体谅，不要独自闷着伤及你我之间的情意。"

赵兰儿再也忍不住，她回抱住杜红衣，在他怀中抽噎不已。霎那间两人都感受到一种相依为命的孤伶。

搂着赵兰儿颤抖的身子，杜红衣忽然觉得抛开对萧岐的牵念比自己想象中的要容易得多。失去萧岐至多是心中亏损了一角，失去赵兰儿却是意味着失去整个的将来。

宜安城这些日子渐渐恢复了往日的景象，新知州一直并无震慑人心的举措，衙中反倒传出这新任的知州大人素好风雅。并且这位方知州因不满身周没有同好之人，近日在城中贴出公示，但凡有几

台上青衣浑似我

分文才的都可到城中最大的酒楼卫安楼中作客，一应酒水之类的花费均由他私人掏腰包，只一个条件必须有真才实学。

消息传开，倒真有一两人前去。方知州果然不负前言，有才的俱都以礼相待。人心渐渐宽慰起来，越来越多的人跑去结交。便有一些滥竽充数的，当场就被方知州奚落得含愧而走。卫安楼俨然成了一处风雅胜地，一些颇有才能的人更因此成为方知州的幕府。

杜红衣听到后心里也有些跃跃欲试，觉得是个谋取全新将来的绝好机会。这日清晨他早早起来写了一个名刺，里面题了一首五绝：

终日有谁来，柴门绕绿苔。七弦长在手，林雀两无猜。

后边署名：杜寒。

赵兰儿看见，有些犹疑："这首五绝是个隐士情怀，是否有些不妥？"

杜红衣笑道："他既好风雅，若是写上过度逢迎之辞怕是反要遭他轻贱。我这样写来一是标明自己的风骨，二来既是做为名刺投去，本就意味着着意结交，想来他若真是如传闻所说，应该高兴有高隐之人慕名前往吧。"

到了晚间，杜红衣略整衣装，带着周全拿了这名刺就往卫安楼走去。

卫安楼下有衙门里的人守着，方知州包下了楼上的一个宽大的

四 宜安遇旧：人毂

雅间。名刺投进去后不久就见楼梯上脚步匆匆下来两个人。

后面一个衙役打扮，前一个青衣简冠服饰平常，却看着有些面熟，看身周人的反应应该就是那位方知州。

"哪位是杜寒杜先生？"那人在门里问着，一边往外走，看见杜红衣明显愣了一下，转眼看见周全更是一脸吃惊。

杜红衣一时想不起在哪里见过此人，见问杜寒便走过去施礼道："杜寒见过知州大人。"

"杜……寒？是红衣么？我是方庆舒啊，还记得不？"方知州上来一把抓住杜红衣的手腕抬起他，又是疑惑又是激动。

"逢阳城里的方庆舒，哈哈……是红衣了，若不是看见周全几乎不敢认啊。"

杜红衣这才记起当日逢阳诗会上确曾见过这位，他心里略觉不妥，口中却不得不应道："没想到遇见故人了，方大人一向安好。"

"好啊好啊。走，上去再说。"说着方庆舒便拉着杜红衣往楼上去，边走边叹，"我说这么个偏城是谁有这样的才力，文字不俗啊，原来是红衣，这就难怪。"

走进雅间，里面已坐了七八人，方庆舒端过一杯酒说："诸位，这就是适才五绝的主人杜寒杜先生。"

众人仰慕声中方庆舒继续说道："有一件喜事要告知大家，杜先

台上青衣浑似我

生原是我方庆舒的故交。"

"原来如此，方大人才力众所瞩目，不想所交之人也有如此文采，叹服叹服。"

"是啊，有这样旗鼓相当的故交前来，我等今后更多机会得聆清音了。"

众人鼓舌若簧，一齐举杯敬向方庆舒与杜红衣。杜红衣含笑饮下，说："诸位过誉杜某了。"

方庆舒目不转睛地望着他说："一年多没见，杜兄弟风采更胜往日。"

杜红衣笑了下，说："往事不堪回首，老了一岁了。"

"谁敢说杜兄弟老？天下只怕再无如兄弟的才貌双全。"方庆舒眼底尽是殷殷留恋之色。

座中有留意的便附和方庆舒说杜先生的容貌直教人惊为天人。

杜红衣不觉脸上微现尴尬，便起身端着酒杯一一回敬众人。

方庆舒看着杜红衣忙于周旋的身形，笑得有些难测其意，往来酒毕，他便转开了话题。

宴后，方庆舒借着故人相逢一定邀杜红衣第二天到他府上再做长谈，杜红衣只得应下，回去的路上却是心事重重。

四 宜安遇旧：入彀

第二天，方庆舒一见到杜红衣便将他引至内庭，里面早已摆好酒菜。

"逢阳城破后我一直挂念着红衣，曾经到处打听消息，传闻只说你与萧岐兄一起逃出了，之后便音信杳然。红衣现在是一个人住在宜安？"方庆舒很殷勤地为他斟酒。

杜红衣犹豫了一下说："是啊。"

萧岐一去不见音讯，而他已决定选择赵兰儿，杜红衣觉得萧岐即便是回来了也会离开的，此后两人不可能再如往日。

方庆舒眼中喜色流动："如今天下翻覆，以红衣之才没有什么打算么？"

杜红衣略略饮了一口酒，笑得淡然："还能有什么打算，再如何也是个戏子的出身。"

"这话差矣。你道我方庆舒是如何得来这位子？那北地天子虽然戎马出身却很有雄心，若不是他求贤若渴唯才是举，我哪里能够如此。"他说着往杜红衣身边靠近了坐去，"不瞒你说，为报答知遇之恩，也为实现平日抱负，我一直留心治内寻访才人，已为皇上举荐了四五个能士，其中就有往日我们一起的。"

方庆舒说到此故意停住话头，微笑着看住杜红衣。

杜红衣有些心动，却仍然不免顾虑，沉吟着说道："不比大人，我只愿偏安此地已经足够。"

方庆舒哈哈大笑说："红衣还不明白么？当日我们一起的又有几个能比得你与萧岐的才学。萧岐倒也罢了，他是个世胄公子比你顾忌多，你红衣如今却是正好翻身重新活过一回。"

这话正说到杜红衣的心坎里，不想眼前这个方庆舒竟也与他一般的识见，他眼中便有些激动之情流露出来。

方庆舒很满意，点头建议："先做方某的入幕之宾吧。待此间事定，我便与红衣一齐入朝觐见。"

杜红衣站起身来一揖到底："有劳大人周旋。"

方庆舒笑道："礼重了，想当日我与红衣一见如故，这些都是该当的。"

五　歧路如铸：绝交

"独坐长吟眉际怨，相留无计指间砂。"

萧岐反反复复在纸上划着这两句，越写越不得开解，无奈心头缠绕的尽是一个杜红衣，笔下根本停不了。

他忘不了初见杜红衣时他站在舞台上的满身寂寥，他觉得那才是杜红衣的本原。

他更忘不了杜红衣后来忽然迸发出的对生活的热切。曾经有多寂寥，如今便有多热切。他理解他，于是他不能去击破。

如果没有赵兰儿，他甚至可以于一旁助他实现平生之志。

可他终究连个守望的机会也没了。

萧岐长叹一声扔去了手中的笔，靠在案前无力地撑着额头。

如今要头疼的又何止是与杜红衣之间的情缠。

他的母亲没能熬过病痛，战乱的惊吓、寄寓的苦楚以及思儿情绪一股脑击来，终于渐渐夺去了生的气息，六天前人已过世。留给萧岐最后的一句话就是：一定要回到逢阳与萧岐父亲葬于一处。

台上青衣浑似我

且不说如今战乱未息一路之上仍有零星兵斗,天气日渐炎热回逢阳的途中又如何保证尸身不坏。

"萧哥!"

萧岐愕然转眼望去,外边急急走进来一个人,竟是久不见的王九山。

王九山一进门就眼中滴泪:"萧哥,没想到伯母大人就这么去了。"

自从那日因为杜红衣的缘故萧岐与王九山闹翻后,两人就没再见过面。

萧岐为着不想杜红衣不痛快,更对王九山那夜流露出来的优越感到不快。王九山一直是个豪爽大方的形象,萧岐没料到他看人的眼界居然也这么窄。

王九山那边见萧岐竟然就此不再去找他,便也有些后悔。可一来是拉不下脸面,同时心中多少有些怀怨,他也没去找萧岐。到后来逢阳遭变,他被他爹逼着去了南方与萧岐更失去了联系。

此时萧岐见他神情悲切是个真心悲悼的意思,想到以往两人的交情便也没冷淡了脸色,只默然扶起王九山说:"九山怎么来了?"

五 歧路如铸：绝交

王九山见萧岐与旧时一样地亲近，不觉有些心喜，由这心喜更又得来几分沉痛："九山闻讯迟了到今日才赶到，连伯母大人最后一面都没见着。当年她老人家对俺那样关爱……"说着便有些哽噎。

"唉……是我不孝。"萧岐想起母亲平日种种情状心中惨然长叹一声。

王九山来时已知萧岐之前为了杜红衣一直没伴在其母身畔，此时见萧岐这样便不好说什么，只问："萧哥有什么打算？伯母是一定不能就这么留在异乡的。"

"说是要回逢阳的。"萧岐说得有些沉重。

王九山仔细留意了萧岐的神色，低头沉吟了半晌，然后说了一句："萧哥若是信得过九山，这事就交给俺来办。"

萧岐有些意外："怎么好把九山牵扯进来？不说别的，这一路上说不定十分凶险，若有个万一到时叫萧岐如何心安？"

王九山笑了起来："萧哥，如今俺早已把生意再度做进了逢阳城，你知道我是做什么的，那北朝人哪个见了南朝丝绸宝贝不爱在心尖的？这事你就放心，兵祸于俺不算什么，到那时一纸通行在手，怕他什么？！"

萧岐见他一副志得意满的样子，就问他："九山如今当家了？"

王九山眼神一黯："嗯，老头子撑不住战乱的惊吓到了南边就一病不起，俺不当家也不成啊。"

台上青衣浑似我

　　萧岐安慰地拍了拍王九山的肩，微笑着说："你爹心里一定高兴得很，九山出息了。"

　　王九山脸上微微一红："旧日九山太过胡闹。萧哥你就放心让俺来办吧，就当……就当九山给你给红衣陪个不是。"

　　一句话又把萧岐说愣住了，他想杜红衣此时只怕早已不在意往日的这些，如今的杜红衣与他萧岐还有什么连系？

　　王九山见他如此，也没再往下说，只立刻差人去办相关事宜。言语行事与往日做派已是大不相同。

　　一路上车马萧萧。为了早日到达，他们路上不敢耽留过久，走了大半月终于快到逢阳城。

　　萧岐不由想到当日与杜红衣一起逃出，如今却只得他一人返回，也不知宜安城中的那两人现在怎样了。

　　他抬起窗幕往外看去，触目尽是丧色。母亲暮年遭逢战乱竟落得客死他乡，萧岐不知道到今日他该是松口气，还是更深了几分伤痛与愧疚。

　　车帘一动，王九山端着一盘水果钻进来的时候看见萧岐正靠在窗旁看着灵柩的方向，一只手关节发白紧紧抠在窗沿脸上似有泪痕。

　　他不便多看就递过果盘："天气热了，路边卖的这果子水灵可爱的，萧哥你尝点。"

五 歧路如铸：绝交

萧岐心绪不宁地随手拈来吃了。王九山陪坐一旁说："逢阳城没大变，萧哥你那宅子还在，只是略有损毁，原本被几个流民住着，俺在逢阳站稳了脚跟之后便先买了下来，叫人修葺打扫了一番，想着终有一日你会回来到时再交到你手上。"他说着挠了挠头呵呵地笑。

"哦……九山费心了。只是，有一件事你必须应下：买宅子的银两萧岐一定要奉还。"萧岐心里感激说得郑重。

王九山小声咕哝了一句："不还又有啥关系的，非得跟俺见外。"见萧岐还要说什么就赶紧点头："好吧，就依你所说。"

到逢阳城时是一个黄昏时分。车马辚辚白幡飘扬，驶入逢阳城时萧岐念起萧母临终的嘱咐心中难过，他下车走在灵柩旁扶着一起步入城中。

正走着忽然前面阻住了，有一人骑在马上领着一小队人在问话："谁家的灵车？这么多车马查过没有？"

有人回说："是丰隆街王家的，有通行令。"

"王九山？他家谁殁了？这么多天不见我正要找他。"

这边王九山早已匆匆赶上去："张将军多日不见，你要的那批绣品这回带来了。"

"九山，怎么回事？没听说你家谁殁了。还有你说的人呢也带回

台上青衣浑似我

来了？"

王九山尴尬地笑，把那人拉过一旁话声渐渐不闻："没有没有，不是俺家的……"

不多时王九山挥了挥手，灵车继续前行。待萧岐行到他们身旁，王九山就与那张将军道别。

那人笑着对王九山点点头，留意看了萧岐一眼没再说话看着他们一路进城去了。

"是生意场上结交的，没办法有时必须要倚靠这帮子当官的。"王九山解释着。

萧岐没说什么只是轻轻点头。

回到旧宅，里外的景象与往日没什么区别，萧岐站在门前仰头看着心中十分感慨，对王九山说："九山，大恩不言谢，日后若有萧岐能帮到的还请直说。"

王九山不安地说："萧哥别这么说，与你之间俺哪能有所图谋的？"

萧岐看他一眼"嗯"了一声说："图谋什么的有些言重，既是朋友自然要相互提携，这没有什么，九山不必介怀。"

"萧哥……"王九山哽了下才继续说道，"你放心，若说这世上还有谁是俺王九山看重的，一定就是萧哥。不论如何俺决不会做出

五 歧路如铸：绝交

勉强萧哥的事。"

萧岐微笑着拍了拍他，没再说什么举步便往宅中迈去。

王九山在后面按捺了下心绪才跟着进去了。

随后的日子王九山依然是实心实意地打点一切，待诸事完毕，某日清晨他陪着萧岐站在萧父萧母的墓前才问了一句："萧哥今后怎么打算？"

晨风拂过山岗，萧岐仰首望着长空悠悠而过的白云没有回答。

王九山有些踌躇，就在他几乎要放弃等待回复的念头时，萧岐沉吟着说道："我想……去趟宜安。"

"唔……很久没见红衣了。萧哥等两日俺与你一起去。"

萧岐笑容很淡："不必了。九山为我生意耽搁了这么多日，还是先去打理打理吧。萧岐一个人去。"

山中树木青青，他看着墓碑心中却渐渐升起萧瑟之意，便在墓前拜了三拜，之后转身飘然下山。

王九山愣愣地看着他，直到人走了才暗骂了自己一声赶紧跟上。

宜安城中却满是杜红衣与方庆舒非同寻常的暧昧传闻。城中的住处只有孤零零的一个萧安。

萧安说：杜红衣与赵兰儿先后都进了知州府，隔了几日又叫去

台上青衣浑似我

了周全，从此三人再没回来。

方庆舒的知州府门庭繁多，萧岐从没这么恨过高墙之隔。

"萧岐兄远来是客，本应迎以丰盛的家宴，只是……"方庆舒轻咳了声接着说道，"只是你看，红衣这样，我……"他有些烦恼地在厅中搓手走着，望着内庭方向重重叹了口气。

萧岐坐在明亮的大厅之上只觉得眼前一片黑暗，他颤抖着手拿着那张纸反复地看。纸上是急急挥就的两行字：

"萧岐，别再纠缠了，我不会见你，你我之间就当从未相识。"

落款是触目惊心的杜红衣三字。他认得这些确实是杜红衣的手笔。

"为什么？"萧岐心如刀绞茫然地问出声，"赵兰儿呢？"方庆舒说她走了不知去向。

她走了？！他一去不过两个多月，杜红衣怎么能在这么短短的时间里抛弃了赵兰儿投向了方庆舒？

他并不指望方庆舒能回答，他希望能给予回复的人不在这里。如今这个人真正地只能存在于心间，能想着念着却是永远不能再见到碰到，所谓可望而不可即便是这样吧。

"哈哈……"萧岐蓦然觉得一切都那么可笑。他一边大笑着一边忍不住泪流不止。

五 歧路如铸：绝交

杜红衣啊杜红衣，如果你可以这样选择为什么却选了方庆舒？

"方庆舒，我只问你一句：你可曾对红衣强用了手段？"萧岐临走前紧紧盯着方庆舒这样问道。

"这是什么话?!"方庆舒一下拉下了脸，"红衣是自愿选择了我。刚才我可是在里面说尽了好话，可他就是不想见你我也无法。"

他接着又缓和了语气："不过你的心境我也能理解。看在昔日一处的情分上，我跟你说句实话。萧岐你俩在一起时日也不短了，红衣一直没随了你你可知是什么缘故？"

方庆舒说到这里笑了下："我得说，你太不了解红衣。杜红衣天赋之高并不下于你，他要的很简单，其实就是'人上人'三字，这些以你萧岐淡然的性子永远给不了他。而我能给他。"

"决不可能！红衣绝不会这样辱没了自己的本性。"萧岐只觉胸中翻腾的尽是羞辱感，"本是繁华相"的杜红衣就算真的要求取功名，一定会以堂堂正正的男儿本色去求取，这样地以身伺人怎么可能？

"你这是什么意思？你亲眼见到他的手书了吧？他选择我方庆舒难道就是辱没了本性？"方庆舒脸色渐渐发青。

萧岐神色惨然，想要再说什么却已无可争辩。

方庆舒吸了口气冷冷地说，"算了我不与你计较。萧岐你与红衣不是一路人。我方府不再欢迎你。送客！"

他再不看萧岐一眼，转身气冲冲地转入了内庭。

三道门之外，杜红衣披发独自站在内庭的院中一动不动地不知在想些什么。

宜安城中的天气很有些炎热了，他身上只松松穿了件轻薄丝袍。

方庆舒转进来看到他这副样子，不觉在院门口停了一下，终于忍不住走上前来撩起杜红衣的长发托着他的面庞说："我说的对吧？你要的只有我能给你。"

杜红衣闭上眼任他托着并不答话。

方庆舒气道："说啊！难道不是？！"他见杜红衣依然没有答复的意思，便狠狠摔下他的脸顺手挥去一掌。

杜红衣应声扑落尘埃。他撑起身子伸手擦了下自己的嘴角，手上是一抹血痕。杜红衣瞧着轻轻笑着咳了几声。

方庆舒不能置信地看着自己的手，慌得连忙蹲下身抱住杜红衣一叠声地说："对不住，红衣我不想这样的。"

杜红衣原本撑起的身体又被他扑倒，他脸上淡淡的抬手去推方庆舒想要站起来："没什么，如今原本就是你想怎样怎样……"

他话没说完嘴唇已经被用力吻住。

五　歧路如铸：绝交

方庆舒心里难受堵着杜红衣不让他继续，他在杜红衣口中翻搅着半晌才放开他，紧紧地看着他，眼里尽是无以复加的伤痛。

杜红衣微侧过脸沉默着，然后慢慢起身往房中走去。

方庆舒没有叫住他，只是艰涩地仰起头。顶上是一道轻淡的长空，轻淡到贴近绝望之色。他全身不可遏止地颤抖着，紧握住的指关节现出极度的苍白。

萧岐回到住处便卧床不起，无病无痛地人却似衰竭之极，大多时候意识昏沉地睡着。

这天深夜随侍在榻旁的萧安忽然被一阵响动惊醒，灯火昏暗中似是萧岐醒过来了。他不能置信地一骨碌滚下床来，跑过去仔细一看果然萧岐正在努力撑起身来。

"公子……"萧安忍不住流下泪，这五六天萧岐的景象吓得他六神无主，只怕是人已不好。

萧岐困难地吞咽了一下，萧安猛然醒悟过来赶紧擦去眼泪："公子稍待，我这就去把清粥热了来。"

"萧安，这两日略整一下行李，我们离开宜安。"萧岐靠在床头低声说着。

萧安应着忍不住偷偷察看他的脸色，萧岐虽然憔悴却很平静。

台上青衣浑似我

    第二日与萧平等人说了，众人都有些担忧不知萧岐心里究竟是怎么想的。能就此忘了杜红衣自是最好不过，只怕他暗里郁积于心。

    然而萧岐直到马车驶出宜安城一直心绪平稳。只是出了城之后他让马车停下，坐在车里掀起车帘对着宜安城门望了很久。

    他走的时候是清晨，有雨。宜安城外大山的云烟于风中飘摇升腾，整个城墙也全都掩在雨气中。景象有些凄迷。一直晴和的宜安城此时仿如要一丝丝地倾尽蓄积了多日的哀伤。

    萧安等人站在雨中一齐关注着萧岐的动静，谁也不敢多说一句话。

    眼看着掀开一半的车帘缓缓地垂下，众人只觉得自己的心仿佛也随之缓缓地回归到心坎中。

    "萧安。"萧岐忽然响起的声音低沉而惊心，"那是谁？"

    萧安赶紧顺着方向看去，城门外一架高大的油布车旁影影绰绰站着一个人，见萧安他们一齐望来那人分明躲闪了一下。

    "公子，似是周全。"萧安心里咯噔一下，却不得不躬身答道。

    车内沉默了。片刻似传出一声释然的叹息。

    "去问一下能不能请他过来，就说萧岐有事要托付于他。"

六　暗昧今生：局中

这天杜红衣睡到半夜猛然睁开眼，一身的大汗，周遭极静，方庆舒不知去了哪里，屋内暗沉沉地。

梦里赵兰儿看过来的眼神惊惧之极，苍白的脸与死死咬住的失色的唇。

杜红衣定了定神，这一夜又睡不安稳了，他拉开帐帘起身往屋外走去，外边雨已经停了，走出来便有股阴凉之气扑来，不由深深吸了口气，胸中的郁塞之气稍解。

那天听到萧岐的笑声里尽是悲凉之意。

杜红衣默默立了会，便往前厅走去，人早已不在了他不知道他此时前去是为了什么，只是身不由己仿佛去了就能得些安抚。

正安静地游魂一样地走着，忽然左侧方的园子里传来一阵低咽的声音，听去似是被捂住了嘴后溢出的挣扎声。花木之间也隐约有些灯火。

杜红衣瞬时定住，恍然记起身在何处，记起萧岐走后方庆舒那种灼人的眼神。他又哪里有这样的自由可以随意去到前厅?

"说!你和萧岐究竟说了些什么?!"方庆舒压着嗓子狠狠地盯着地上那团蜷缩的身影。

周全却没什么反应。

方庆舒冷笑一声,"你以为——我真的就不敢动你?"他转眼示意了一下,走上去两个强壮的家丁一边一个左右架起周全。

周全的双腿已经折了,此时在两名家丁的挟持下勉强抬起惨白的脸庞声音低弱,"方庆舒,你已经毁了杜先生,还指望我说些什么。"

方庆舒气极反笑,"好!果然是个忠义的奴才,不怕死的。你是红衣身边的人,我也不要你死,既然不说那就一辈子保持沉默。"

周全的惨叫声在这夜里极其惊心动魄,听得方庆舒也出了身冷汗,急促地催着家丁们赶紧打理。

然而紧闭着的门已"砰"地一声被人撞开了,漆黑的夜里杜红衣乌亮的大红绸衫仿如铺天盖地的血挂了一身。

他望着倒在地上的周全,脸上没有一丝血色,也没有一丝表情,只是定定地望着。

周全的口中仍在冒出大量的血,人倒在血泊中已经昏迷。

六 暗昧今生：局中

屋里的人全都停止了动作，方庆舒惊怔之后回头冲屋里喝道，"还不快救治！"，跟着迟疑了下往杜红衣走去，还没走近就听到杜红衣阴冷之极的声音："什么时候轮到我？"

方庆舒心底猛地一痛紧走几步攫住杜红衣的手臂，杜红衣淡漠的眼神慢慢转向他，道："左右都是一个了断，迟痛不如早痛，就此刻可好方大人？"

方庆舒的身子不可遏止地颤抖起来，他用尽全身的力气低哑着道："红衣，别这样，你跟我回去听我解释。"便要拉着杜红衣离去。

杜红衣推开方庆舒。他身上透出的冷冽与死寂镇住了方庆舒，他没有跟上去，眼看着那抹惨烈的红色身影很快淹没在黑沉的夜色中了才回过神来急急追去。

方庆舒在大门口截住了杜红衣，杜红衣说："你留我一副躯壳有什么用？"

大红的灯笼在湿气浓重的夜里散着恍惚的光晕，方庆舒盯着杜红衣漠然的面容微弓着身子大口地喘息，后者立了会又要往外走。

"萧岐已经离开了宜安城。"方庆舒在他身后叫道。

杜红衣顿住，遥遥望去，长街空落，各式房屋黑影幢幢，没有丝毫的生气，顶上的夜空无限伸延仿佛罩子扣住世上种种，他又能去到哪里。他忽然觉得极度的讽刺，此时他实在辨不清活着与死去有什么不同。

夜色挂在他的脸上,他笑得十分清寂,低声道:"不,我不是去找他,如今还有什么必要再去找他……"

"红衣,"方庆舒跟上来紧紧搂住他,语无伦次地道,"红衣,我是真心喜欢你,你相信我,不要离开,不要离开……你跟我回去,我会全力救治周全,我们一切从头开始。那一年在馨德轩我就喜欢了,再次遇上定是天命,我再不会放手。"

然而周全还是没能撑过,只是醒过来一次。

看见坐在床边的杜红衣,周全的笑容很虚弱却又很明朗,看得杜红衣心底十分难受,忍不住握紧他的手眼中掉泪。

周全比他小着两三岁,是那年与陈秋并为杜家班两大花旦时杜班头特地配给他以应平日使唤的。七八年来一直情谊非浅,尤其自陈秋去后,周全基本就相当于杜红衣唯一的亲信人。

周全的手动了动,杜红衣察觉了便顺着力扶起他的手。

那手的方向是杜红衣的脸。

吃力地擦去眼泪后那手并未垂下,而是固执地停留在杜红衣的脸上缓缓做出类似抚摸一样的动作。

六 暧昧今生：局中

周全半睁着的眼中流露出极度的痴恋与哀伤。杜红衣瞬间失去思考能力，木木地承受着，眼睁睁地看着周全眼里的光芒渐弱，仿佛有一双大手把它们一点点地掩向黑暗的深渊，终致熄灭。

周全下葬的那天天色阴暗，城中的风一直地吹，仿佛一夜之间就入了秋。

杜红衣一路都没有泪。新堆起的黄土上插着飘扬不定的白色招魂幡，风声在耳畔轻嘶着，他盯着漫天的纸钱站了很久。

周全原本不叫周全，那年杜班头领他来时只说随杜红衣的喜欢取名。

杜红衣转过身见到一张端正瘦削的小脸：叫周全吧，讨个口彩，往后跟了我，也好一齐得个周周全全的日子。

回去的马车上，方庆舒见他脸色惨白得厉害，便凑近去拢着坐到一处，紧得仿佛一个不小心这人就不见了。

杜红衣挣脱不开，越挣越是紧，便脸上透着一抹决然，索性由了他去，只在心中茫然地想着于周全而言今日才是真正地周全吧。

周全不周全的，竟全着落在了方庆舒身上。

台上青衣浑似我

方庆舒低附在杜红衣脸旁语气沉悔,"红衣,你原谅我好么?"
杜红衣望着晦暗的窗外没说话。他找不出什么来回答。他们两人之间早不是原谅不原谅的事了。

日子便如性情难测的怪物,漠视它它便乖乖地离去,不再拿着种种痛楚不断侵扰。入冬的时候方庆舒接到了北廷的旨意,命他早日归京辅政。
返京的路上方庆舒一直显得有些惴惴,似有满腹心事欲言又止,杜红衣只是照常地不闻不问全不做理会。

这日临近京城,夜里在驿馆歇下。暖色的烛火映得屋内帐幔一片明黄,方庆舒亲手热了一壶酒斟给杜红衣,说:"红衣你要的我一定会给你,凭你之能日后职位定然不会在我之下。"
杜红衣接过来默默喝下,"我要的你当真能给?"
方庆舒看着他,有些迟疑地点了点头。
"你让我走吧。"

屋里似不知哪里有些漏风,方庆舒大口地喝着酒,依然缓解不了突来的冷气。他颓然地推开酒盅摇头道:"我做不到。我……舍不得……"

六 暧昧今生：局中

他望着灯光下的杜红衣,"这酒盅再怎样冰冷,充进了热酒,握着好赖也能温暖宜人。红衣,我们一处也有些日子了……"

他停住话头久久地盯着杜红衣不再说话。

杜红衣垂着眼,仰头饮下手中的酒后起身道:"天冷,没什么事的话我想先去睡了。"他说着往后厢房走。

"红衣,"方庆舒忍不住叫住他,"你告诉我要我怎么做?"

杜红衣停在那里,只觉得心头忽然卷起一阵伤痛,他轻轻笑了笑,道:"方大人,你既一定要留下这副躯壳,就别再想着让他活过来痛恨他自己。"说完再不理会方庆舒转过帘幔径去歇下。

然而入睡却不是那么容易,那种一直以来的质问再次缠绕上来,他不明白他为什么还活着。也许自幼年起,活着已经成为一种根深蒂固的习惯。

如今这又是多么可悲的习惯。

杜红衣闭上眼,世事仍如洪流,如今的他却似比幼年还要缺乏顶住的力气,所有他曾经寄望的人都已离他远去了。

半夜里好不容易睡着了,又被一阵折腾弄醒。方庆舒满身的酒气,动作里带着源自绝望的凶猛,翻来覆去没有节制几乎让人抵受不住。

杜红衣想就这样死去了也好。

当一切结束，疲累之极昏睡过去时似听到方庆舒在他耳旁喃喃地提到一个名字：萧岐。

到长京时正是长京这年的第一场大雪，纷纷扬扬的雪片落下来覆住了北廷气势宏伟的宫阙，看去平添了一份敦和。

这北廷的京城与南朝不同，街衢宽阔整齐，两旁的房屋线条粗疏简洁，透着庄重大气。只是木叶凋敝，疏枝勾寒，有些苍茫寥落之感。

方庆舒一到京城便忙得人影少见，每每回府时已是深夜，看着确实颇得北王重用。

杜红衣有时却在午夜梦回之际看到他站在床旁，身上还是出门时的官服，带着屋外的冷气，目光沉重，见他醒来便勉强做出轻松的一笑。

待到雪化已是冬至。杜红衣想独自去到城郊，顺便也给周全烧点纸，方庆舒无法拦阻，北王这日要举行祭祀大典朝中百官又不得缺席，只得叫几个家人备齐了祭物跟着。

六 暧昧今生：局中

天气寒凉，城中却市集熙攘，气氛热烈。一驾不起眼的青布马车载着杜红衣往城外驶去。

出了城他一路尽拣荒僻一些的小道行去，直到遥遥地再望不见长京的城楼。

杜红衣命那些家人远远地止住了，自己携着纸钱等物去寻了一块空地。

野地无人，衰草上尚承着些许的积雪，走过去便沾了些，濡湿了衣脚，挡不住的寒气渐渐透过棉襟往身上沁来。

杜红衣就这么久久立着，望着纸灰升腾朝着南方冉冉而去，远处是霭烟迷蒙，天地一色地苍蓝灰暗。

不知不觉中天色将昏，身后传来窸窣的脚步声，停在了三尺之外。杜红衣蹙起了眉却没说什么，只是抬手抹去了脸上早已凉彻的泪痕。

略顿了顿他便转过身，正要说"走吧"，却忽然止住了。

来人身形挺拔，着了件紫色的官袍，正望着他一脸温朗如玉地微笑。远处除了随来的家人马车之外，不知何时已另行停驻了一队人马。

台上青衣浑似我

"红衣,别来无恙。"

萧岐的声音如故地温和。

杜红衣却如失了魂的影子被钉在了风中微微颤抖着,一句话也说不出。

风掠过脸颊,渐渐带了些锋锐。

杜红衣苍白的容颜在眼前如此清晰,萧岐却恍惚有隔世重见的错觉。

他忍不住走近两步伸手欲握杜红衣的肩。杜红衣却不由自主地退一步避开了。

萧岐眼中浮出些伤痛,半晌才续道:"我找了你很久……"

"简直就是废物!不过是找个人……"随着时间的流逝方庆舒不由自主地越发焦躁,地上跪着的仆人耷拉着脑袋不敢吭一声。

方庆舒一团火无处发泄,顺手拿起案上的笔山便要掷出,这时门外跌撞扑来一个人,"大、大人,见、见到杜公子他们了,北城外,已一路去了萧丞相府邸。"来人扑倒地上,说到后来声音犹疑,边说边忍不住惶惶不安地瞟了方庆舒一眼。

"砰——"造型古拙可爱的青花瓷笔山终究还是坠落成片。

方庆舒仿如被强行定住的木偶,姿态扭曲,脸上凝结着震惊、

六 暧昧今生：局中

惶恐与绝望等诸多混杂一处的表情。他张着眼直直地看向灯光凄冷的大门处，眼神却飘忽得不知去了哪里。

半个时辰之后，随去城郊的那几个家人回来了。若说方庆舒初时还抱着隐约的希冀，此时已是彻底的绝望。他想杜红衣是再不会回来的了，他挡了萧岐这么多日终究还是有这一天。

杜红衣下了马车后神情有些恍惚，面前的府门被灯火衬得气势非凡，夜幕垂下，御制横匾上的"萧右丞府"四个金字越发地闪亮。
"萧右丞府。"杜红衣轻声念道，"……终究是了上位者……"
忽然指上一暖，萧岐已经携住了他的手。杜红衣转回头，看见萧岐眼中的沉静与伤痛。
"红衣，随我进去再说？"

转过屏风石正要往里走，正厅那边出来一个人边走边急切地喊道："萧哥，怎么这样迟的？俺等你很——"
他忽然止了声，惊异地看向杜红衣，"你……红衣？"

杜红衣这一瞬方才清晰地觉到心里有什么正在慢慢坍塌，他勉强点点头："是我。九爷，多日不见了。"脱开萧岐的手上前略略做

台上青衣浑似我

了个礼。

"是啊是啊，久不见了，红衣风貌更胜往昔啊。"王九山看着芥蒂全无地哈哈笑着。

笑声中萧岐跟上一步又握住了杜红衣的手，不容他再挣脱，"九山来了？有事？"

"哦——没。上次说的牡丹绣品俺从逢阳那边带了一批，刚到，先来看看萧哥的。"王九山的眼光垂落瞥见萧杜两人紧扣住的手。

"嗯，九山明日拿来这里吧。"

"好好，"王九山说着转向杜红衣笑道，"明日俺还要在长京第一酒楼宴请红衣，千万莫辞，哥几个要好好叙叙旧。你能回来俺真替萧哥高兴，这些日子萧哥虽然不说，俺知道他心里一直惦着你呐。"

他边说边转身，冲着萧岐扬手道："那萧哥你俩忙，俺先回去歇了。"

王九山一阵风似地转过屏风石走了。杜红衣沉默地看着，萧岐停了会要拉他进去，"外边寒气重了。"

"维靖是？"杜红衣没有动，盯着屏风石问道。

萧岐一怔，随着他的目光看到屏风石后的题字，"是当今北廷王上的字。"

六 暧昧今生：局中

北廷王姓梁，单名一个安字。

杜红衣半晌才点头念道："'云山清净'，这四字确实与你配得，这北王堪称你的知音。"

萧岐不由笑了起来，拉着他往内庭走去，"红衣明白人，自古伴君如伴虎，君臣便是君臣，怎说得'知音'二字？"

七　何堪茧缚：相看

　　方庆舒吩咐仆婢们将所有的灯火全都点上，房中明晃晃地放眼看去不见一丝的暗影。然而当他一个人坐在案旁整盏整盏地灌下酒浆时依然感到彻骨的寒凉，杜红衣出众的模样在他眼前浮动，越是渴盼越是绝望。

　　他灌不醉自己，绝望带来的疼痛如此清晰。

　　不知过了多久门扇忽然被人重重推开，方庆舒握着酒盅往案上狠狠落下，正要一句"混账东西"骂出口，瞥眼间却见到站在门口的不是家仆，而是面色冷然的杜红衣。

　　方庆舒不觉站起身，紧紧地盯着杜红衣。

　　杜红衣没什么表情，径直往内帏里走去。

　　方庆舒满目通红不敢置信地看着杜红衣一点点地走近，在他即将一点点地走开时他一把搂住了杜红衣。他把脸埋在杜红衣颈项旁深深嗅着，"红衣，真的是你。你……你回来了……"

七 何堪茧缚：相看

他几乎要喜极而泣了，杜红衣却冷淡而坚定地拉开他的胳臂，"我来拿东西，一会就走。"

方庆舒心里一沉，一时说不出话，呆呆地看着杜红衣转过帷幔进去了。

包袱不大，还是当日逃出逢阳城时周全给收拾的细软之类，除了给赵兰儿买些花粉丝线之类几乎不曾再有机会取用过。

杜红衣有一瞬的失神，活到如今能给他沉甸甸的抚慰与支撑的竟然还是往日的那段戏子生涯。

他低下头攥紧包袱，想到一句"成也萧何败也萧何"，心底一痛，更忆及周全与赵兰儿，越发地痛不能禁。

萧岐就在府门外，可今后会如何杜红衣已不敢推想，心中茫茫然一片空落。

身后的脚步声挪近，响起方庆舒有些嘶哑而沉郁的声音，"我知道留不住，只是有些话还是想对红衣说。"

杜红衣不再耽搁，拎起包袱就要往外走。时至今日他真正不想再看到这个人。

方庆舒拉住他。杜红衣翻手想要脱出，方庆舒不放弃地急急说道:"你跟着萧岐,不可能好的。萧岐如今是北廷右丞身系北王厚望,在朝堂名声赫赫——"

杜红衣蓦然缓了挣扎。

方庆舒暗暗松了口气,他细细地观察着杜红衣的神色,杜红衣站在那里眼中冰凉凉地看不清端的,便又迟疑地接着轻声说道:"来长京也有些日子了,虽说你从未与外人交言,可你曾是我方庆舒的人这事无法瞒多久。"

他还想说些什么,可杜红衣已经开始全身发颤地笑起来。

杜红衣听着听着抑制不住地呵呵而笑,笑声中饱含痛楚与凄凉。他想不到到头来竟是方庆舒最了解自己,方庆舒的这些话将他心底一直暗藏的担忧全都说破。

方庆舒心底难受,沉默地抬起手去抹杜红衣面上滑落的泪水。杜红衣推开他,自己擦干眼泪保持着最后的一丝笑容道:"说完了吧?"说着便继续往外去。

"红衣!"方庆舒扯住他终于说道,"你留下来,至少我还能给你一份安定的日子。"

"留下来?"杜红衣缓缓转回身,方庆舒神情惨淡地在望着他,

七 何堪茧缚：相看

"方庆舒，你与我心里都清楚，是谁害了周全，又是谁害了……兰儿。"

杜红衣说到此心下惨痛一片，赵兰儿清秀的模样倏乎眼前，如今竟是伊人渺渺，连带着他对生年曾经的全部热望一并烟消云散。

曾经战乱中也能苦苦支撑的弱质，却在平宁的日子里消殁。到头来还是他害了她。

赵兰儿！这三字迫面而来，瞬时抽去了方庆舒的底气。自从来到长京见到萧岐，他就该知道什么都瞒不住了。

杜红衣直直地望入方庆舒的眼底，看见方庆舒瞳仁猛地收缩了一下，他很想嘲讽地笑一笑，可抵不住迅疾涌来的悲伤，于是背过身再不说话推开门走了出去。

回头看方庆舒的手段其实并不怎么高明。方庆舒告诉他赵兰儿毫发无伤，若是他稍加留意就会识破这个谎言，可他自那日之后便如心头被剜去了一块，竟失魂落魄地成了方庆舒的禁脔。

杜红衣一直不明了自己何至于此，直到今日见到萧岐的那一刻。

赵兰儿走了，在他身边的却不是萧岐。宜安城里方庆舒褫夺了的不仅仅是他对未来的热望。

台
上
青
衣
浑
似
我

　　门开了人去了，带起一阵寒风卷得烛花摇曳不定。

　　方庆舒怔怔地站在当地，看着室内的暗影浮动如鬼魅直要当头压下。他忽如惊醒一般地奔出门，冲着杜红衣的身影嘶声叫道："不是我！红衣，那不是我干的！"

　　杜红衣在冰冻彻骨的夜气里立住脚，门里的亮光穿过方庆舒的身侧在地上打出摇摇晃晃的线形，仿如手指，试图在暗黑无边的夜里抓住点什么。

　　他看不清方庆舒的脸，可他清楚地感知到方庆舒此时的绝望。

　　他冷冷地轻哼了声，抛过去一句话，"宜安城旧主能有那么大的胆子，没有你的放任，你方府中出去的人，他也敢私自凌虐致死？"

　　方庆舒不再说话，仓皇地揪紧衣襟，站在冰冷的台阶上身子遏制不住地战抖着。

　　杜红衣看着他心中并没多大的解恨后的快感，他只是觉得累，十分地累。

　　今日的方庆舒再不能扬扬地拿着权势迫着他说：红衣你不如顺了我的意。不能在他试图走出方府时拦道：如今宜安城里谁不知你

七　何堪茧缚：相看

是我方庆舒的人，你又何必定要回去。再不会盯着赵兰儿伏在他耳旁低声劝道：红衣你放心，你这会顺了我我决不为难她。

"寒哥——！"

赵兰儿惊恐的叫声恍惚游来。周遭寒气遍侵，杜红衣却仿佛瞬间回到了汗水涔涔而下的那一刻。

在方庆舒浊重的喘息声里他在忍住疼痛对赵兰儿喊着：兰儿别看！

赵兰儿僵在对面瞪大着眼，脸色刷白，听到他的喊声便死命地闭上眼睛，流着眼泪重重地点头。

那日的方庆舒花样层出不穷，令他羞愤至极的是他最后竟终于控制不住呻吟出声。他忘不了赵兰儿随后的痛哭声。

若非当初前去卫安楼遇到方庆舒，也许一切都会不同。然而一步错，步步错，错到如今再回头已经没了可能。

杜红衣步履沉重地往府门外行去。

时至今日他只不过就这样走出了方府，走出了方庆舒的桎梏。他想他这样是否对不住赵兰儿，对不住周全。

方庆舒蓦地不顾一切地冲过来紧紧抱住他，用力到全身哆嗦，

台上青衣浑似我

"红衣……红衣，你是我的人……"他望住杜红衣哽声求道，"别走，你知道，我再不会那样待你。"

杜红衣低头看着他垂死挣扎一样的眼神，只觉无限悲哀。他抬眼看着幽黑的天空，淡淡地说："方庆舒，今日冬至我出门祭拜，身上从里到外只这一件棉襻是你给的。你的东西我一样不带走。你放开，我脱了它给你。"

他伸手去解外衣，动作坚决迅速。方庆舒惊惶地一把拖住他的手，手忙脚乱地扣着已经解开的衣裳，"我不是这个意思！"

"大人——"纠缠间内院门口处忽然传来一句瑟缩的声音。

"快说！"方庆舒扭头看过来的眼神近乎杀人般的疯狂，那家人脚一软"咚"地跪倒，说："门、门外的丞、丞相大人让小的前来带话，问杜、杜公子几时能出来。"

方庆舒愣住了。

那人等了半晌没见回话，冷汗早爬满了后背。他偷偷抬头觑了一眼，看见杜红衣在向他摆手，说："我一会就出去。你去吧。"

那家人见方庆舒听了并没反对，便应着起来一溜烟跑了。

杜红衣掰开方庆舒紧扣住他的手指，"听着，别再枉费心机，我从来就不是你的人。"

七 何堪茧缚：相看

方庆舒满眼的伤痛与不舍，杜红衣推开他，"你也是个饱学诗书的，从此你好自为之，好好地做你的官吧。"

眼睁睁望着杜红衣转过院门再不见人影，方庆舒终于坐倒在地，再忍不住绝望的泪水冰凉地滑下，跌落在寒气浓郁的地上。

第二日原本王九山是要约杜红衣与萧岐去长京第一楼聚酒的，可萧岐被北王梁安临时召入宫中议事，王九山的宴请最终还是没能办成。

杜红衣心里暗暗松了口气，然而萧岐尚未回府门人便来报说王九山专程访他杜红衣来了。

王九山情态亲善端茶劝饮地十分殷勤，话却说得别具意味，"萧哥回去不两日母亲就故去了，俺随萧哥扶柩回逢阳，一路总见他暗自垂泪。这事想着确也伤心，竟没能在老人家身边多尽些孝。"

萧母的事尚未听萧岐提起，杜红衣不由微微苦笑：王九山此来也算是用心良苦，萧岐当日原是因他耽留宜安。

王九山接着又感慨起萧岐这些日子以来尊荣的得之不易，言语中颇多爱戴与自豪：终于成了当朝右丞，虽说是北廷的官儿，可终究没屈了一身的才华。

　　说起北王对萧岐的看重，拉着杜红衣不自禁地更是满眼的兴奋。半晌他才一副醒过神来的样子对杜红衣笑道："只顾着俺自个儿说了，都没发觉时辰不早了，这北王拉着萧哥便说个没完。"他说着摇摇头一副无可奈何状，然后说，"呃……俺就不打扰红衣歇息了，九山告辞，赶明儿待萧哥有闲再来相邀。"

　　昨夜听萧岐提到王九山如今也当家了生意做得风生水起，尤胜王金达当日的景况。今日一见果然今非昔比活络之极。

　　萧岐将王九山带来的绣品分送了几家重臣，适才面君之时也随携了三两幅精品。

　　萧岐说："我这是与九山官商勾连。当日自宜安回到逢阳，便是走的九山早已铺就的举荐之路。如今一在朝一在野，各取其利。若不然……只怕不能这样早便能见到红衣。"

　　王九山，酒筵，萧岐，一切仿佛回到从前，杜红衣记起当日王九山一个戏子正不得声名做成个朝廷命官的话，过往将来一时全涌上心头。他想王九山其实不必忧虑，他早已做好了打算。

七　何堪茧缚：相看

萧岐终于从宫中赶回，敲开杜红衣的门时已近二更。冬夜的寒意沁得人肌肤栗起，他身上带着些微的酒气对着开门后站在门口有些发愣的杜红衣微笑。

杜红衣衣襟半扣地拢着，显是才从床上匆匆起来。暖色的灯光淡淡地投到杜红衣的脸上，萧岐望着他心里忽然就涌起一股热烈的感觉，他觉得这种就该是幸福了。

可在杜红衣的眼中萧岐的笑容虽然如故地温润，却让他内心觉到莫名的不安。

"小心着凉了。"萧岐伸手探到杜红衣的颈项，要帮他扣上领襟。

杜红衣一怔，略略退了一小步，垂眼让开了，自己系好了外襟。萧岐站在那里含笑望着他还在想：他两人终于又在一起了。

他说："北王留了酒，推辞不过才刚回来。一直想着今夜是要与你一处喝杯团聚酒的，这样迟了还望红衣勿怪萧岐。"

杜红衣垂眼摇头说"怎么会？"，萧岐真是觉得怎么看他怎么欣喜。

这夜的萧岐没两杯便醉了。

> 台上青衣浑似我

到第二天一早被叫醒时他发现自己竟然是睡在杜红衣的榻上。而杜红衣一身整洁正站在窗前凝望着外边一株寒气中开得正艳的红梅。

萧岐慌忙起身，走过去说："红衣，我……"

他不知道下面该怎么说，酒醉后的事已记不清，他很怕自己糊涂之下做了什么不该的事，若是因此引得杜红衣以为他如今对他存了个不再敬重的心思，那他真正死都不足抵过了。

杜红衣转过身来看他，淡淡开口，"你昨夜醉了，倒头就睡睡得还挺沉。"又说："没想到你身体倒好，这样的清寒都能扛得住。"

萧岐这才觉到冷气侵骨，不由尴尬一笑赶紧回身去穿棉襟。忙乱之间忽然瞥到杜红衣面上一闪而过的笑意，他心中登时就安定下来。

前景一片光明，他想只属于他与杜红衣的日子终于就这样来临了。

天色放晴，园中的红梅枝头托着些薄雪横过雕窗。当萧岐散朝归来，房中温暖如春。他听着杜红衣问"怎么这么早？"，心里是抑不住的欣奋。

杜红衣在他身旁端着茶盅慢慢喝着，溢出来的热气飘散着在他

七　何堪茧缚：相看

面庞周围浮动，这样的白雾中他投来疑惑的一眼轻声地问着。

萧岐望着杜红衣只是一脸的微笑，浑然忘了回答。

杜红衣抬眼看到不自觉地手上一颤，放下茶盅他没有再问，坐在那里默默看着地面勉力压制着心底要冒头的疼痛。

过了会忽然听到萧岐在低声说："不早，更早一些才好。"

杜红衣顿了片刻才微笑回道："你如今是一国之相，怎能做此想法。"

萧岐却笑而不答，只问："红衣今后有何打算？行商，还是入仕？"

杜红衣摇头说："还没想定。"

萧岐见他脸上淡淡的，迟疑了片刻道："你……不必有什么顾虑，北王任人惟才，凭红衣的才华若愿入仕自可有一番成就。"

杜红衣听了只是轻轻"嗯"了声，转向南窗下的琴案，说："往日只寻着你学些经史书画，还从未听过你抚琴。"

萧岐笑着走过来轻拂丝弦，"你要听吗？只是一直以来几乎顾不上它，怕是已生疏了，倒要叫红衣听了笑话我。"说话间他已经调转宫商，清音流泻，不尽温和喜悦之韵。

089

台上青衣浑似我

琴声即为心声，杜红衣倚窗听着，心头悠悠掠过旧日里萧岐说的那句"我也能是一个友人"。他说不出自己心底是怎样的感受，似惘然，又似茫然。

如果说往日的杜红衣还能从萧岐身边拔出，今日的他想轻松走开已是很难很难了。萧岐却是料不到，再遇后的杜红衣早已不是宜安城中可以选择赵兰儿的那个杜红衣。可也不是可以从此选择了他的杜红衣。

一曲奏罢，萧岐说："红衣也为我抚上一曲可好？"
杜红衣回过神来却摇头，只说："不如你教我这曲吧。"

到头来他与萧岐之间依然只能是止步于"友人"，无论他们之间是怎样的感情。杜红衣一遍遍地弹着，一遍遍地试着也静美成"友人"，到了晚间已具气象。

萧岐一直在旁边望着他抚琴。两人看着仿佛又回到了宜安城中的那些安宁相守的日子，不由十分感慨忍不住说道："大半年过去终于再次见到红衣，直到此时还觉得如梦似幻。"

他说着伸出手去握杜红衣的手，低声说："你莫厌我，不真切地

七 何堪茧缚：相看

触到你我总是担心眨眼这便又是一场梦。"

杜红衣停了琴没有动也没有挣脱，他垂着眼心里一直试图引开的伤感又一次慢慢升起。

"你……瘦了。"萧岐手指轻轻拂过杜红衣的眉眼脸颊，梦呓一般地说，声音渐渐带着些哽噎，"你不知道那天我有多恨自己，我知道定然是方庆舒对你施加了手段可却没法带着你一起离开……"

这一句点破从前，往事如暗夜里逃散开的蝙蝠，带起心头一阵竦栗，赵兰儿与周全苍白的面容清晰地掠过。杜红衣不由自主地微微侧开头，萧岐的手指滑下他的脸庞。

"我也恨你，红衣，我恨你既然可以为什么就不能选择我……"萧岐望着他心里说不出地难过，继续说着的声音越发低了，低到几不可闻。

可这个夜晚如此安静。

杜红衣有些混乱地抬眼看过来，那边萧岐却已微微一笑安抚着说，"离开宜安时周全已经全都告诉了我。"

想到周全、赵兰儿以及宜安城里的那些事，萧岐也沉默了。

相较于周全，赵兰儿的后事甚是凄凉，她被葬在宜安城郊的乱坟堆中。萧岐曾托去宜安召回方庆舒的诏令使代为质询，可因当日是草草下葬的，坟茔方位已经无从查考。

世事不尽悲慨，所幸的是于自身而言有些事尚还来得及。萧岐叹了口气，深深地望着杜红衣，"方庆舒得召回令出京时我心里实在……实在是高兴已极。"

杜红衣满心的复杂滋味。他想起逢阳城净水河畔的那个说要一意远离蝇营狗苟、说永远不会是所谓上位者的萧岐，想起宜安方府中的种种不堪。

世事翻覆之下，他们两人终究是哪个都没能逃开。逃出逢阳城，原本算不得什么。

半晌杜红衣垂着眼低声说了句，"多谢你。"

萧岐怔住，隔了半天才语声惨淡地说："怎么说出这样的话？"

杜红衣也怔住了，不觉站起身来望着萧岐郑重道："是我错了，你别放在心上。"

萧岐看着他，点点头笑了起来。

八　梦断长京：远走

这一夜萧岐依然没有回自己房中，两人并头卧在杜红衣的榻上说了半宿的话。

萧岐说到南北局势以及战事远近；说到他为北廷一手建成的北廷第一支水师劲旅；说到他将来还是要远引朝堂恢复他往日里平静优游的日子；说他如此倾力相助北王一来是在其位谋其事，二来也是为了日后北王能因功放行。

说了很多很多，言下颇多平和笃定之意。

杜红衣只是安静地听着，偶尔望过来的眼光在冬夜的微光映照之下显得极为深邃，深到萧岐身不由己地被卷了进去，却完全不敢去猜测其中的含意，只是一见到杜红衣这样的眼神心里便充满了欣悦之情。

完了他轻声问杜红衣，"到那时红衣可还愿这样与我一起？"

> 台上青衣浑似我

杜红衣垂着眼睑仰面卧着没有回答,萧岐也不再追问,他看见了杜红衣脸上深深的笑意。萧岐觉得那是一种肯定,他已不需要杜红衣的作答。

杜红衣想萧岐毕竟还是往日的那个萧岐,这多少让他得了些抚慰。

只是人未变,时事却变了,譬如洪流当头冲下,他们已卷身其中再难自主。

清晨起来时杜红衣还在梦中,萧岐穿戴好站在床边看着独自笑了许久。推开门后一阵清寒逼来让人精神一振,天色还未大明,身周的景致还在灰蒙当中,却有一股欣奋自心头激升上来,萧岐呵出一道白雾,紧了紧衣襟举步往外走去,满心里以为这样的日子能就这么长长久久地下去。

然而黄昏时萧岐从宫中回来却没见到杜红衣,说是杜公子酉时出的门,说想独自四处走走晚膳不必等他,到晚些时候也许会往迎相爷两人一道回府。

萧岐一路并未遇到杜红衣,他今日回来得稍早,只怕杜红衣此刻还在街市中逛着以为他又会迟归,便吩咐家人到宫外的路上去看看,若是见到杜红衣便接他回来。

八 梦断长京：远走

这样等了一段时间，天色已暗，打发去问讯的人回来说来路上一直未见杜公子，萧岐渐渐有些坐不住，正要出门亲自去找，王九山来了。

王九山摆出长谈的情状问起朝中的那几个大臣对他自逢阳带来的那些绣品评价如何，北王如今又是否已有意将北廷的织造之权放给他。

萧岐想也许没多会杜红衣就回来了，见王九山满眼欲掩不得的急切便也按捺下心境陪他一阵分析谋划。

约莫半个时辰过去腹中的饥饿感让萧岐醒觉，忙忙地叫来人问杜公子是否已回来了。王九山这才一脸惊讶地问："怎么，红衣不在府中？"

萧岐听到杜红衣还未回来便有些急了，也无心回复王九山，叫人备轿匆匆往外走，说："我得出去一趟。"

王九山扯住他，笑道："萧哥你别怪俺说你，红衣偌大一个人了自己不会回来么，咋急成这样？也不怕红衣回来了嫌你管束太紧。"

萧岐一怔，想起杜红衣这两日似有若无的清冷疏离不由有些迟疑。

"不妨再等等。"王九山拉他坐下，"一会待红衣回来俺做东咱哥仨儿一齐出去喝酒吧。"

"萧哥,"两人沉默地坐了会子,王九山见萧岐一副心神不定的模样便微咳了声开口叫道。

　　"嗯?"

　　"萧哥你俩如今……在一起了?"王九山问得小心翼翼。

　　萧岐愣了愣摇头笑得略有些苦涩。王九山瞧了便有些愤愤,"这人的心竟是个硬的!不知萧哥为了他费尽——"

　　"九山!"萧岐不悦地打断了他,"我所做的并非图他什么,红衣完全可以随他心意去做。"

　　王九山便沉默了,过了片刻才望着萧岐说了句,"他在你心中竟已重到——你可以舍了自己?"

　　萧岐郑重点了点头,然后便站起身往外走,"不等了。"

　　王九山跟上来说:"咱分头一齐去找吧。"

　　可两个时辰过去一无所获。萧岐此时已有些失魂落魄,他在杜红衣房中一阵翻查却未见异状。便派人去打探,回说这日城中的街市上也只有过几起寻常的争斗,周边并未见到有杜红衣那等容貌的人卷进去。

　　这两日的方府人人小心。方庆舒每每独自饮酒到深夜,他脸色

八　梦断长京：远走

虽看着平静不似前些天的易怒，可家人们却总觉得府中愁云浓聚。

这夜照常吩咐了家人在案上摆好两副杯箸，方庆舒提起酒壶将两个酒盅全都斟满，然后端着自己手边的那个盯着杜红衣常坐的位置默默喝着。

这两日他总是不由自主地想这一刻的杜红衣会做些什么，笑着？还是惯常的沉吟不语着？或者已然歇下？不管他怎样去猜想，脑中的画面却固执地只有一个杜红衣，不会有萧岐。

方庆舒心里明白，杜红衣那日就这样一走了之对他多少是包含了点宽宥的心思，虽然相较起来他宁愿杜红衣与原先一样留在他身边记恨着他，如此他终究是有时间慢慢达成心愿，即便是遥遥难期也好过现在的绝望。

可他毕竟还是略略放下了潜藏在心底的隐忧，揣测着杜红衣既然是这样一个态度，那萧岐估摸着也不能把他如何了。

方庆舒抬手饮尽杯中酒，想他后半生也许都要这样活在回忆与猜想中，想这种日子长得实是近乎残酷。他叹口气正想去躺下，忽然门外脚步声杂沓，惊疑中门扇被"呼"的一声推开，萧岐与王九山带着一小队护卫闯了进来。

台上青衣浑似我

　　方庆舒一眼看清是萧岐之后，失望之余却又蓦地觉到了一种释然，他推开面前的杯箸笑了笑，站起来神态安静地伸开双臂等待着。

　　萧岐却并未如他意料中的那样叫人上来捆缚，只是盯着他半晌才恨道："方庆舒！果然是你！"

　　"方庆舒，你那天究竟与红衣说过些什么？！"王九山上前问道。

　　方庆舒一愣，这才注意到萧岐双目尽赤往日里闲淡从容的模样全然改观，不由喃喃出声，"怎么？不是为了赵兰儿与周全之事？"

　　"你装模作样地扯的什么不相干的？！"王九山很不客气地揉了方庆舒一把。

　　方庆舒怒目对着王九山："王九山你不过一个奸商，这是在北廷，我方庆舒堂堂朝廷命官还轮不到你来动手！"

　　王九山心头火起笑得却很冷，"看来你忘了当年怎么逢迎九爷了。"

　　萧岐不语，一直紧紧望着方庆舒，这时失望地叹了口气叫住王九山黯然说道："九山我们走吧，他也不知道红衣去了哪里……"

　　方庆舒回眼诧异地瞪着萧岐，渐渐地就大笑起来，"红衣离开你了？哈哈……原来，原来你也不能留住他。"

八　梦断长京：远走

原来这世上的残酷并非只长驻于他一人身上！

方庆舒辨不清溢满心头的究竟是解恨般的痛快，还是世事苍茫的寂寥。他只是无法控制地笑着，到后来只能弓着身子泪水进出了眼眶，笑容却慢慢转向惨淡的凄凉，"红衣……他真是傻……"

方庆舒知道他那天的话还是掐准了杜红衣的心理，杜红衣果然是放不开某些东西。

只是这场赌局中没有赢家，杜红衣虽然离开了萧岐却也没留在他方庆舒的身边。

萧岐忍耐了半天终于说了句，"若非是你，红衣何至于此？"他说完想带着护卫离开继续去查找杜红衣的下落。

方庆舒却朝着他的背影道："就算我全做错了，于你萧岐而言，我却至少做对了一件。"

"做对了一件？"萧岐不禁转身。

方庆舒笑得高深莫测点头说道："正是。我帮你除掉了赵兰儿。"

萧岐又是吃惊又是愤恨，"这话你竟也能说得出口！当年在逢阳你我一场相交，真没想到你会变得如此狠毒。"

方庆舒哈哈大笑，"谁都可以说我方庆舒有罪，你萧岐却是最没资格指责。"

台上青衣浑似我

"方庆舒,"萧岐望过来的目光里尽是悲悯,"宜安城中你说我不懂红衣,其实是你最不懂。周全,兰儿,你下手害的都是他心里视为至亲的人。"

方庆舒停住笑,身子站得笔直轻哼了声不再言语。

"还有一点你不知道,我萧岐这一生宁愿远远看着红衣与兰儿好好地在一起。"

出了方府萧岐站住了。宽阔的长街上暗沉一片,萧岐只觉得天地苍莽心底刀割一样地疼,杜红衣究竟去了哪里,真的是离开他了?

王九山安慰道:"也许在哪里吃酒呢。"

正在怔忡不定地走着,却忽有人报说酉时正城南一带曾有一处围殴似是有人受了伤。萧岐气道:"怎么这个时候才报?"

那人说:"是衙役们私下的说话,路过时听见了才仔细问来的。说是被上面吩咐过不可说,担心大人会问罪。"

萧岐也顾不上细究,匆匆赶去看时,见是个极僻静的暗巷,长长的高墙夹着,灯火下见街面已被冲洗过,只几滴散在的干涸血迹。

萧岐登时急了,命人去拿了他藏在房中的一幅杜红衣的画像彻

八 梦断长京：远走

查了全城的客栈医馆，又盘问了城门守卫，一夜忙乱，却都说未曾见过此人。

杜红衣便如一道穿堂而过的风，无可挽回地自长京消匿了。

王九山说："必不会是红衣。"强压着萧岐去歇会。谁知萧岐竟在自己房中的枕下摸出了一张纸，题着几行字：

行行，廿载烟云一梦轻，沦落风衫青。长恨繁华，淹却繁华，误了卿卿。

纸上并未署名，萧岐却认得是杜红衣的手笔，当场便似一个响雷炸在耳畔。

看上去这杜红衣竟是真的决绝地独自走了，毫无预兆！

说什么四处走走要去往迎他，全是幌子，不过是个拖延之辞以便走得更远。

萧岐站在当地，眼前仍是昨夜杜红衣脸上深深的笑意，身上却尽是冷飕飕的透骨之寒。他想不到那样的笑容之后竟然隐藏着这样的诀别。

长恨繁华，淹却繁华。

宜安城中的那日，夕光似梦华彩非凡，萧岐曾对着杜红衣说，

"你我都不是这红尘中的浊物。这繁华相三字原也是一派清清如水"。之后过往种种，到如今杜红衣叹出这句"淹却繁华"，又何其沉痛。

这半年多来，杜红衣自觉"淹却繁华"，而萧岐的不得不选择仕途，从某种意义上来说又何尝不是一种"淹却繁华"。

萧岐却别有一份鞭长莫及的遗憾。他盯着那两句"繁华"只觉心头剧痛，杜红衣又怎知道这半年来凭他萧岐的努力，于杜红衣而言这两种繁华又如何不能从此完美相容？
萧岐想他还是能做到当初的那句"也能是个友人"的，他早已做好了终身守护的打算。如今却要到哪里去找到杜红衣？

萧岐捏着那张纸心乱如麻，下意识地反复看着那几行字迹，目光渐渐落到"卿卿"两字上。
这两字头一个笔势沉涩，仿佛无限心事没法道出，到后一个卿字省笔已是如风拂过，入眼尽是无奈。
萧岐心中蓦然呼的一跳：这个卿卿莫不是并非指的赵兰儿？毕竟这几句是放在他的枕下。
大胆猜测而来的激越情绪使得萧岐瞬时神情恍惚，他突然意识

八 梦断长京：远走

到杜红衣对他竟已是大不同了。

事到如今，顿悟之后的萧岐心中实是说不出的滋味。原来杜红衣不是没有想定今后，而是根本就没打算入仕。

"长恨繁华，淹却繁华……误了卿卿……你竟是舍得……"萧岐低声念叨着忍不住眼泪就落了下来，一边直向门外走去。

"萧哥！"王九山一把拉回他，"你这是干什么？！"

萧岐回头茫然地看着他，"我……我这就跟他一起去……"

"萧哥你醒醒！"王九山满目通红地冲着萧岐吼着，萧岐蹙眉翻手想要推开他。王九山深吸了口气紧攥住他不放，大声说："你是北廷右丞，怎能一走了之？"

萧岐听了瞪着他笑起来，"我这个右丞，是为他而做。他既走了，要来又有何用？"说得语声惨然，刺得王九山心头一阵疼痛。

"萧哥你——！"他喉头哽住了，他想他这大半年来的心血在萧岐眼中竟是一文不值，到头来他王九山的赤诚全抵不过一个曾经弃了他的戏子。

萧岐用力摔衣，王九山见他仍是执意要走，不觉怒道："你这样去了就能找回他了?！留下来你就是萧右丞,才能寻到他！你走了便什么都没了！"

萧岐一震,不再挣扎。

王九山松了口气,上前掩了门回身拉了萧岐坐下,"红衣既已走了,天下之大你一人之力怎样寻得?放着大好的官位不去谋用那是傻了。俺瞧这事也急不得,萧哥你既有心,此后细加查访,终有老天开眼的那一天。"

萧岐垂头不语,半晌方长叹一声,"说得不错。"

数日后的一个晚上两人议事完毕王九山辞出,萧岐忽然叫住他,"红衣离去的那日黄昏,有人说看见你王家的马车匆匆出城去了。"

王九山定住了,缓缓转过身子,冰冷冷的夜气里他的脸色显得有些苍白,他看着萧岐道:"不错。萧哥几日都见不着人影,俺心里着急让人回逢阳再取几件上好的绣品来,打算事不济时便多做些人情也好为日后铺个路,没想车马才出门萧哥便回来了。"

萧岐安静地看着他,渐渐含笑说道:"九山也有不信我的时候。"

"怕是萧哥不信九山吧。"王九山脸上的笑容有些僵硬。萧岐上来拍拍他的肩,"你莫怪我,这些天——"

"萧哥这是说哪里的话,红衣突然离开俺知道你心里不好受。"王九山接下来的话说得十分恳切,"其实俺心里又哪里好受过,这些

八　梦断长京：远走

日子睡梦里都想着要找到红衣问个为什么。"

萧岐听了站在院中半天没说话，淡淡扫来的灯光铺在他的脚下，地上的影子静默中仿如要无限削长了去。王九山垂眼看着蓦地听见他那里怅然传来一句低语："见着人了便什么都好了……"

开春的时候北王梁安颁下了两条旨意。之一：方庆舒宜安任上失手错伤人命，姑念其才学可嘉亦曾为朝廷延揽人才，特免去死罪，官降三等贬去边庭助镇羌人之乱，以期戴罪立功。

另一则是钦命王九山以少司卿的身份入驻协理朝廷织造司，职权仅在织造司卿之下。

逢阳城萧氏旧宅。清明扫墓归来。

王九山说："方庆舒这样的居然也没砍头，连着两命都换不来他一条命。"

萧岐默然，过了会说："红衣对他……多少有些维护之意……"

王九山见他顷刻之间眼神便飘忽得不知去了哪里，心中略有所感不禁呵呵低笑了几声。

"九山你笑什么？"

王九山伸指弹开面前的桃花枝，柔软的花瓣一阵簌簌抖动之后便纷扬飘落到了地上，"萧哥真想听？"

台上青衣浑似我

"古人说'兄弟如手足,情人如衣裳',俺刚才在想,在萧哥心里……怕是这两句是相反的。"

王九山淡笑,说完也不看萧岐转身便走,道:"萧哥俺还有点事这就先告辞了。"

几步之后萧岐叫他,王九山并未回头,只停了脚步说:"萧哥你不必费心解释,不见怪就好。俺心中明白的。"

萧岐沉吟着说道:"嗯……九山,你想想给你的那道旨意。这些,也都是北王的意思。"

王九山听了呆了半晌方点点头,"萧哥,天下美人多的是,你身为右丞要什么样的没有。"

萧岐笑笑,"不一样的。"

王九山的背影转过花墙渐渐远了,萧岐垂下目光。青砖缝里泥土润黑,零落杂陈的红瓣越发地醒目,萧岐盯着看了许久,心中怅怅,忽而似听见袅袅一句吟唱恍惚掠过空际。

"卿本是繁华相,着落这人间苦捱风雨。"

冰凉的寒气游丝般钻入心底。

初次见到杜红衣时他在台上人戏不分地唱作,至今还是那么清晰。

八 梦断长京：远走

而逢阳城中人事皆非，如今的净水河畔已是伊人渺渺。

萧岐轻轻吁出一口长气抬首眯眼看天。

春日的长空正是薄晴时候，阳光宛如潋滟的水光在眼前划过几道亮色的彩芒，彩芒当中隐约是杜红衣清凌凌远驻的身影。

台上青衣浑似我

九　南颍孤心：苦寻

　　大江分隔南北，南颍城便是江北岸最大的州城。南朝败守长江以南之后，兵马混乱当中大批的南朝旧民在此渡江不及，被迫滞留在城中。那时人心惶惶，直到北廷安抚旨意下达。其后更是络绎而至的益民之策，那些旧民们也就借此盘住下来。

　　因而这南颍四五年下来人烟稠密，如今竟是胜过往日南朝治下，呈现一派繁华景象，丝毫不亚于当年的逢阳城。

　　福安酒楼之大在南颍城中很有些声名。它中间是一块极大的场地，设了一个戏台，自二楼起是两层方便看戏的一间间包厢，从三面围住戏台。

　　这夜的福安楼人头攒动生意兴隆。近年来在南颍兴起的一个叫洪达班的戏班子，今晚要在这里演一场曾经名噪一时的剧目——《落红》。

九 南颍孤心：苦寻

这折戏五年前由当时的名伶杜红衣唱红，其后一直不闻有超出者。而那杜红衣曾在这南颍城待过，至今南颍人说起当日盛况犹是津津乐道。

这次担纲主演的是洪达班的顶梁花旦凤歌，据说此人曾经高人传授，已放出话来誓要追出杜红衣。于是一时议论纷纷，半信半疑的气氛席卷了整个南颍城，很多人便兴致勃勃地一道约了跑来观看。

后台里却有些紧张情绪。郭老板心事重重地走到凤歌身边低声说："才听说州府老爷也来听戏了……"

凤歌正对着镜子做最后的理妆，他冲着镜里的郭老板笑了下，说："这不正好助我扬名的么？"

锣鼓声响，众人坐定，台下秩序井然，只有小二们手中托着盘子灵活着身子于各类酒席间来回穿梭。

楼上东二层的一间包厢朝着戏台的一面却一直紧闭着白色的纱帘子，里面静悄悄地直到此时戏已开场也未打开。说没人吧却又影影绰绰地有人走动。

无独有偶，这间包厢往正中数隔了三四间也有一包厢是同样的状况。

有人偶尔抬眼看到不禁目露疑惑：也不知里面都坐了些什么人，

既是来看戏的，怎不想瞧个清楚明白的？尤其是正中一些的那个，岂不是白糟蹋了好位子？

众声悄悄，福安楼中唯闻丝竹吟唱。随着一句"卿本是繁华相，着落这人间苦捱风雨"自空中跌宕回旋终至落定尘埃，众人才齐声喝彩，都说是果然不虚此行，杜红衣之后这折《落红》今夜才真正有了传承。

而那两个包厢整场戏中与外界都隔着帘子，在嘈杂沸腾的声浪里如两枚紧紧定住风中丝缎的钉。

此时的后台里郭班头已是眉眼眯做了一团，一路笑呵呵地应着班中众人的道贺，径直往凤歌屋里行去。

"凤歌，快些收拾收拾，你那段师傅今儿也来看你的戏了，正在前台东二层的屋里等着呐。"

一语毕，那边妆镜前正在卸妆的人迅即起身过来扯住他的衣袖，喜得不敢相信，"什么？！他也来了？真的？"

郭班头笑着点头，"段先生从来不肯出来听戏的，今晚居然也来了，我可也正意外着呐。你快点，可别让他久等，说不定有什么指点你小子就又造化了。"

凤歌连声应着，转回去催促着身边的人赶紧手脚麻利些。

九 南颖孤心：苦寻

"段师傅竟然来了！"凤歌一把掀开东二屋的门帘推门进去，清越的嗓音透着十分的欣喜。

停了一会里面传出一个略有些低哑的声音，"早跟你说过我不是你师傅。"

"哦，"凤歌脸上抱歉地漾起微微的红，"我心中一直当段先生是师傅，平日与班子里的人说惯了，一时口顺。"

"嗯。改了吧。"对面那人声音淡淡地继续说道，"今日的戏我看了，大有长进，几与当年的杜红衣一模一样了。"

凤歌脸上的欣奋之情越发盛了，他感激地说："终是没辜负先生几月来的教诲。"他说着眼底流出几分向往，"近来我也自觉长进不少，想着那杜红衣不知是何等的天赋，竟要我耗费了这许多日的苦苦琢磨才达到他那时的境界，实在是佩服得五体投地。"

"你功底本也扎实，做到今日也不出奇。一切都是机缘巧合。"那人说到此出了会神，从身上拿出一个簿本，"我这里另有一本戏，带来给你揣摩。只一部戏终究不成，何况是步人后尘。你今日有了声名，若也能有一部自己的戏，也许可期来日。"

凤歌感激莫名，点头接过来见书的封皮子上题着两字：孤心。

"先生如此栽培，凤歌真是……不知说什么好了……"

台上青衣浑似我

那人看着他一副无措的样子便微微点头,道:"也是你值得栽培。况且,你们不是都给了我应得的报酬了么?"

"相较段先生的悉心教导,那点银两实在算不得什么。"凤歌的话说得实心实意。

那人听了不觉温然一笑,也没再言语,转去叫身边的一个模样看上去干净伶俐约莫十四五岁的僮仆,"段青,把风袍拿来,我们得走了。"段青应了拿过屋角里挂着的墨青色长衣,长衣上有着一个深阔的风帽。

凤歌赶着说了句:"明天我便叫师傅差人将银子送到。先生平日若有什么难处,千万要记得告诉我。"

段以恒"嗯"了声穿好长衣抬手又拉低了些帽檐,朝向凤歌,"你回去慢慢翻看,有不懂的过来问我。"

凤歌点头应着将他一直送出福安楼。

福安楼外已有一辆马车候着。二月的天气尚还清冷,这里不是正门,街上人迹稀少,夜色在零星的灯火中显得有些迷离,凤歌站在那里看着段以恒微弓着身子没入马车渐渐走远。夜风里的段以恒身形挺拔,却显得有些瘦削单薄。此时寥静的街道中一辆马车得得驶去,更凸刻出一分孤伶来。凤歌不知怎么脑中忽然闪过那册书的名字:孤心。

九　南颍孤心：苦寻

郭班头火烧火燎地找过来时，见凤歌一人站在福安楼侧门边上正对着空无一人的长街发愣。

郭班头一把扯住他照里就走，"你怎么在这里？发什么呆的，叫我一顿好找！赶紧跟我去。"

"刚送了段先生。这是要去哪？"

"州府衙门。先去换衣。"郭班头不及细加解释，急急地拉着他走。

凤歌倒是吓一跳，"怎么要去衙门？今晚我们都在好好地正经唱戏又没犯什么事，哪里得罪到那州府老爷了？"

郭班头一愣，回身就给了他头上一记轻敲，"你小子今天欢喜糊涂了？犯什么事！真要犯事径直给锁拿了去，还等你换衣？"

大街上辘辘走着一辆马车，夜气湿润。

郭班头说："据说是一个来头很大的人也听了你今晚的《落红》，州府老爷下了帖子点名要你去。一会到了你可要小心应对，咱们洪达班这么多年受尽苦楚，好不容易指着你得了个安稳的日子，全班上下老老少少的饭碗都在你身上了。"

凤歌点点头，"既是听了戏才叫我的，必是喜欢这戏的。你放心，我心里有底不会有事。"

台上青衣浑似我

郭班头拍拍他的手背，微叹一口气，"毕竟是官家，不论如何切记不要莽撞了。我们做这行的对着他们终究是个难字。"

他说着话头一转，责怪地说道："你那会又发的什么呆？这才出正月，小心着凉了。"

凤歌眼里暖气氤氲，笑道："段先生今晚带了一本戏给我。"

郭班头高兴地伸手拂了下凤歌的头，"你小子今晚这么福气的？！是什么戏？"

"名字叫做'孤心'。是折子戏，还没细看。我那会就在寻思这戏名瞧着与段先生的性子似乎合衬，怕就是他写的本子。"

郭班头轻"哦"了声，若有所思地说："看他举止谈吐，似是个有来历的，是他写的也不足为奇。"

凤歌听了神情渐渐端重起来，"师傅你说段先生是什么来历？我看他年纪也不大竟是对戏十分精通。他教我时的那个身段哪里只是个戏迷能有的，瞧着倒像是上过台的。我唱做时他脸上的神情看着也有些怪，说不出的落寞一样。"

"这段先生若不是脸上的疤有些难为，样貌倒是极好……我瞧着也不似只是个戏迷，可他又坚持这样说……"郭班头沉吟了半晌叹了口气，"近来都说怕又要开战了，这年头不安定，各人有各人的伤心事，我们不好问得。总是有恩我洪达班，就借着机缘好好相待一场吧。"

九 南颍孤心：苦寻

凤歌点头称是。

四五年过去杜红衣杳无音讯，萧岐不知这样的日子何时是个尽头。事到如今"坚持"只是继续过下去的一个信念，或者说习惯。他已经习惯找寻，不敢奢望再见面的情境。

虽然如此，在台上见到郭凤歌时，萧岐还是十分地失望。《落红》谢幕之后许久他都没说一句话。伴同而来的南颍州府也不敢有任何打扰，陪着在包厢里呆着。外头的喧闹使得这不大的包厢里的静默越发地让人难耐。州府终于鼓足勇气正要说些什么，听见萧岐说："说是得自高人传授的？"

州府一愣，猛然反应过来他这说的是郭凤歌，赶紧躬身答："确如大人所言。"

跨出福安酒楼时空气清寒，酒楼的招牌明亮辉煌，衙役们在低声呼喝招来轿夫。不远处的侧道上传来马蹄车轮的声响，侧道微淡的灯火中是一辆马车黑色的模糊轮廓渐渐远去。夜初静。萧岐转目望向夜空深吸一口气。这一次不知如何他心里有些微的雀跃，仿如当年走在去见杜红衣的路上。

那个传说中的授艺高人，即便不是杜红衣，只怕与杜红衣也有莫大的渊源。

然而州府衙门里郭凤歌态度很坚决，全不顾郭班头在旁频频使眼色，站起来一揖到底，容色严整，"段先生曾经说过他不希望因为这件事被人打扰。所以，还请大人见谅。"

郭班头脸色刷白，暗骂凤歌太过自负，怎能因这人言谈温和便仗着今夜的得意如此托大？先前才进来时就凭州府老爷毕恭毕敬随侍一旁的态度，这座上人的地位一定不可轻慢的。便急急跪下说："凤歌年轻不知轻重，大人千万宽宥。"一边扯凤歌衣襟，斥道，"还不快跪下！"

萧岐摆手安抚，示意他们站起，沉吟半晌到底还是追问了一句，"段先生？不是杜先生？"

段以恒，看上去这是一个与杜红衣毫无关系的名字。州府衙门的庭院里夜光幽淡，凤歌与郭班头走后萧岐独自站在窗下蹙眉寻思了半天：以这位段先生对《落红》如此深切的领悟与喜爱，应不是逢阳城中人，不然当年一定认得；或者是杜红衣在这南颍州的旧识。

郭班头后来说《落红》的本子却不是段以恒给的，而是来自一个乞丐。

萧岐有些意外，可郭班头一口咬定就是一乞丐，至于为什么一个乞丐会对这戏本子珍而重之兵乱中顾命都不及却将它保存完好，

九 南颍孤心：苦寻

就不是他能了然的了。

为了郭班头支开他说出了段以恒的住处，出了州府衙门凤歌一直别扭地沉默着。郭班头叹口气说："师傅也是为着班子里的一大帮啊……"

凤歌眼圈一红，别过头看马车外的人家门里一霎而过的火光，说："可是段先生对我们算得恩重如山。"

一年多以前洪达班初到南颍，只于一些小酒家串场过活。后来虽然从乞丐手中得了《落红》的本子，凭着这戏的闻名在南颍渐渐出人头地，然而风评终究一般。直到之后大约半年前段以恒出现，洪达班才真正翻了身。

那天凤歌正在台上演那出《落红》。酒铺不大，布置简易，十几张桌子铺里排到铺外，只沿边草草搭了个台子给他们，过往的路人感兴趣的都可驻足一观。一折戏唱完已是黄昏，凤歌在台下就着人手对镜卸妆，这时暮色里有个人走过来挡住了夕光。凤歌抬头一看，是个僮仆模样的少年。见他看过来那少年笑着说：我家先生有话想对您说，不知是否方便？

凤歌顺着少年的指向，看见酒铺外的一张桌子边坐着一个青衣人，衣上连着风帽罩住那人的整个头面。时正初秋，天气虽然转凉，这样严实地戴着风帽的还是有些少见。凤歌犹豫了下，终是对那少年一脸纯真的笑有些好感，便点点头应了，说："稍待，我一会便过去。"

那少年却笑道："我家先生说他过您这边来说。"

凤歌不由再看了一眼那青衣人，心里略略轻松，却又升起一丝好奇，不知这人会与他说些什么，忙加快手上动作冲少年颔首微笑，"好，马上就好。"

"你唱功虽好，身段却薄弱了。"青衣人过来开口就是这样一句。

凤歌看清他的长相后心里震动。青衣人右脸颊上错杂着三四道长长的伤疤，如扭曲的蚯蚓紧紧附着面皮。怪不得要戴着这么个风帽。

凤歌望进他的眼，那双眼仿佛浸透了生活赋予的酸辛，去了陈色惟余下透澈的真底，带着淡然的忧郁，让他在一瞬间就那么相信了这个素昧平生的人。他一直在唱字上下功夫，不信他会不如那杜红衣，可南颖人却一直不怎么捧场。此时回头细想，只怕关键就在身段演绎上了，不由肃然做礼说："还望先生多加指点。"

那人微微点头，继续说道："到了台上，台便不成其台，人却已是那人。单是唱还不足以活人……"

九

南颖孤心：苦寻

    这日两人从酒铺说到住处，言不尽意处青衣人便示以动作。凤歌只觉胸中壅塞渐去，控制不住兴奋要拜他为师，那人却不答应，只说当年曾目睹杜红衣出演这折戏，他十分喜欢，所以愿意对他详细倾说，此次来南颖是故地重游并为祭一位旧人，三四个月后就会离开，说：他们俩合则聚，缘分一场不必过多牵累。

    冬至过后段以恒本拟离去，可终究爱惜凤歌资质，便耽搁下来不时点拨一二。

    这夜大获成功，段以恒的心血最难酬谢。如今却连他当初最基本的一个允诺都没法守住，想到这些凤歌如何能不心中难受。

    "其实……你也不用担心。"默了半晌的郭班头忽然说。见凤歌一脸不解，他又说道："那人提到一个'杜先生'你听到没？听过《落红》问'杜先生'，这'杜先生'会是谁？"

    "师傅是说……"凤歌忽然眼底一亮。

    郭班头眼眯了起来，笑着摸摸凤歌的头，"是啊。五六年前你年纪还小进班子时间也不长不知这行中的旧事，传说杜红衣当年曾经与一个贵公子走得很近，那个公子就是如今的北朝右丞相。今晚这人气度不凡，说不准就是那个右丞相啊。"

    "段先生竟是杜红衣？"凤歌又是欢喜又是不敢相信，激动到

台上青衣浑似我

无措。

"你这孩子……"郭班头眼角的皱纹里溢满疼爱,伸手揽住凤歌肩头笑得慈祥,"不论是不是,那人对你的段先生应是没有歹意。"

凤歌看着似没起初那样不开心了,郭班头心里却开始有些沉甸甸。

今夜的郭班头虽然对萧岐说了段以恒的住处,可相关《落红》的得来他却是没说真话。那授戏本的乞丐并非寻常乞丐,而是当年杜家班的当家杜其璋。

那日杜红衣跟着萧岐很绝情地走了,之后杜其璋拼死逃出了逢阳城,一路凄惶,奔到南颍却没人愿意带他过江。不几日手头值钱的都花光,偌大年纪又一直养尊处优,当年的绝活基本都扔了,只好卖些苦力勉强过活。谁知一次搬运重物时砸折了脚骨,耗尽一点辛苦积蓄后大碍是没有,只是那脚再不能承力,万般无奈之下做了乞讨。

《落红》的本子他倒是给过好几家,只是他狮子大张口要价一百两纹银,没人肯买。到了洪达班,不是凤歌看中,郭班头也是不肯要的。

之后杜班头拿着架子以指点为名赖着混吃混喝了一段日子,

九 南颖孤心：苦寻

戏是排上了，反响却一直平平。杜班头便说是凤歌资质寻常怨不得他，照常混骗不愿走。两个月后郭班头忍无可忍终于把他赶了出去。

郭班头不肯说戏本是得自杜其璋，是这事多少有些尴尬，说出来怕被人指为不接济落难同行。江湖多年流浪，郭班头对外头的声名还是十分顾忌的。他是个有些雄心的，平日总是教导门下弟子："成大事者必能克己，这是圣人所言大家牢记。咱洪达班不说如何显贵闻名，可站稳脚跟也不是件容易的事。"后又得了凤歌，自信眼力不差，这孩子终有一日能熬出头。

如今郭班头最担心的是：如果段以恒就是杜红衣，若被他知晓他曾赶走杜其璋，会不会影响到凤歌。

他却不知杜红衣与杜其璋原就是两种人，别说杜红衣不知道这事，即使知道只怕也是要把人打出去的。

州府内庭。萧岐这夜没有睡好。梦里杜红衣忽而含笑走近语声温柔："你这些年……过得还好么？"忽而换做一副冷冷的面目说："萧岐你别再纠缠，我不会见你。"醒来后一身冷汗，定定神他想他一定要去见见这位段以恒段先生。

台
上
青
衣
浑
似
我

　　既不得其人，便尽力捉摸住一些相关的，好歹是个由头能在人前说说心底里牵挂了四五年的那个名字。
　　眼睁睁看着东边渐白他正要传人去备车马，门扇上响起低低的剥啄声，十分清晰，"大人，张将军有急报送到。"

十　清明之祭：相劝

"春华易逝，晴晴雨雨，断送了残红。付水流东。晚来销却数盅。"凤歌读完《孤心》的这最后几句掩卷坐了半天。

《孤心》说的是男子一心求取功名，为此离了知心解意的女子独自远赴长安。谁料四五年都没能如愿，到后来心灰意懒自觉无力庇护女子一生，便连家也不回了，一个人寻了个冷僻的所在打算就那么度过余生。而女子得知后却不肯就此割舍，于是千里跋涉一心想要找回男子。剧名孤心，说的就是这两人的各自执着己意。

那最后几句就是男子隐居他乡后在一个春天的夜晚回思过往时的唱词。春事短暂转瞬东流无可挽回，虽然叹惋却什么也做不了，只是独自饮酒，个中滋味终究付之无言静看。这辞意越后越转苍凉，读来教人不胜感慨。

凤歌默了会问段以恒："这种苍凉岂非是一种无情？"

段以恒点点头脸上的笑容很淡,"不然他怎么能平静地了此残生。"

凤歌说:"可是这样对那女子很不公平,她还在苦苦寻觅啊。"

段以恒听了出了会神才轻声说了句,"她慢慢地也会平静下来的。"他说这话时投向窗外的目光悠悠地显出平日没有的柔和,可细看却又似藏了些茫然。凤歌不由心中一动,想起两个月前那位寻"杜先生"的大官。

那夜过后凤歌一直担心段以恒会受到侵扰,后来见并无异状一切正常,那位大官居然没有找来,倒叫他暗自庆幸了很久。而郭班头曾说段先生有可能就是杜先生,这事凤歌也一直不敢认真去问段以恒,只私下向着段青旁敲侧击。段青却似是对此一无所知,说是四五年前遇到的段以恒,并非自幼跟从。此时看去只怕郭班头说的就是真的。凤歌心底有些兴奋,可捺了半天终究还是没敢流露出来。

段青遇到段以恒那个夜晚大雨瓢泼,冬夜里很少见。段青原本是个乞儿,性子老实常常因此挨饿受欺,那天他一整天没讨来多少吃食,早早地睡着了。雨声惊醒了他,寒气越发地重,只得裹住破破烂烂的棉絮缩在角落里期望能多生出些暖意。段以恒的突然闯进吓坏了他。

十　清明之祭：相劝

段以恒进了庙没几步就湿淋淋地倒在了地上。他脸上的伤看着可怖，皮肉微微翻起，血水混着雨水洇了满襟。他也看见了段青。躺在地上喘息了会他冲段青笑了笑说："别怕。还活着。"说着抖着双手在自己身上摸索着，过了会脸色惨白地叫段青："能不能麻烦找几根柴枝？"

段青见他眼神柔和并不凶恶心里渐渐定了。他平日乞讨没少被人踢打过，一听就知道这人估计是肋骨什么的折了，赶紧爬到神像后干燥所在，自他平日捡拾来的柴禾中挑了几根粗枝递过来。

段以恒看着十分潦倒，直到黎明大雨初歇他拿了银子让段青去帮他雇马车，段青才知道原来这人很有钱。上车的时候段以恒问他是否愿意从此跟随，段青喜出望外使劲点头。两人乘着马车急急赶出村镇，从此段青便叫了"段青"这个名字。

关于过往以及为何受伤段以恒没对段青提过，四五年下来只是教他识字读书，并不当他一般的僮仆看。段青也很乖巧，段以恒不说的他从来不问，幼年的经历早已让后来的他学会知足。他跟着段以恒一直过着课徒授业的清静日子，直到随同他来到南颖。不是遇到凤歌，他还真不知道段以恒居然对唱戏那样精通。只是他依然不惊不躁，该干啥干啥，小小年纪别有一份开通平和的性情。

台上青衣浑似我

段以恒来南颖是为祭旧日一位故人，段青依稀记得碑上的名字是个姓杜的，以他的聪慧凤歌一来问他心里便将两件事联系在了一处：凤歌口中的杜红衣只怕便是那墓中人？

只是段以恒既不提，自然他也不会对凤歌透露什么，尽管凤歌性子单纯明朗两人平时很是交好。

《孤心》这戏因着剧情的关系，除了青衣一角，生角也得是个功底很好的。为此凤歌每回来都带着他的师兄阿原，两人一处揣摩着演练着都很投入。段青送茶进东厢房，有时会看到段以恒并没歇着，而是倚在窗旁若有所思地看着外边那两人。待他再来兑热水，看到茶凉了分量却是未减。

终于有一天段以恒问凤歌："就这么唱一辈子戏？"

凤歌不好意思地笑："我倒是想，只是不知道成不成。那得是名闻天下的角儿啊，像……杜红衣？"他说着偷偷瞄了眼段以恒。

段以恒脸上却没什么异样，只是说："你也会做到的。"然后默了片刻便又微笑着问："不会觉得青衣扮来有些闷气？"

"闷气？怎么会？"凤歌有些惊讶，不明白段以恒何以会做此想，他说，"每回演下来除非演砸了，不然心里那叫一个畅快。"

他笑得憨直："先生如此精通，对此一定比我更有感触。"

十　清明之祭：相劝

段以恒却轻轻摇了摇头，说："既是真喜欢就好好唱下去吧，这样也很不错。"

晚阳穿过窗棂印在段以恒的面庞上，明明暗暗地，脸上蚯蚓般的疤痕使得他的面目眼神透出十分的沧桑。凤歌原本想说些什么，一抬眼看到心有所感反倒不敢再说。段以恒的心中究竟藏了段什么样的过往。

不久就是清明，天刚亮段以恒叫了段青，带着早就准备好的祭品去了城郊的摩云山。摩云山山势较周边的山峰陡峭高拔，每逢阴雨天气峰头云气缭绕看着甚为出尘。

这两日才下过雨，一路上石阶润湿，两旁春草青青、春花枝横。段以恒走得不快，眉宇间似有心事，段青在他身后默默地跟着。

到了地方后段青把祭品在碑前一一摆好。碑上刻字很简略，只是中间一列字写着：杜陈秋之墓。经年的风雨落了些痕迹，碑头上与字迹凹处都积了些青墨色的苔。冬至时来打理过，此时坟头及四周还算齐整，杂草不多。

段以恒缓缓蹲下身，抬手一下下地抹着字里的苍苔，大致除净后他看着墓碑出了会神，接过段青斟好的酒洒在碑前，望着袅

台上青衣浑似我

袅升起的铅灰色纸烬轻声说:"陈秋,以后不知什么时候才能来看你了……"

段青在一旁一直忙着割去杂草,掘来新鲜的草皮覆上坟头,插上竹竿系好招魂幡燃放爆竹,只听着段以恒声音越来越低不知在念叨着什么。一切事毕,段以恒不再出声,青烟缭绕中只是站在墓前凝望着,没有下山的意思。段青陪他站着不时去翻动一下未燃尽的纸钱,看到他眼角隐有湿痕。

过了会忽然听到段以恒沉沉地说了句:"人生于世都是客,不论身在哪里都没什么分别……"段青站在那里有些踌躇不知该怎么接话,段以恒已拍拍他说:"我们走吧。"

这时身后传来轻微脚步声,有人分开榛棘花枝往这里走来。见到段以恒两人,那人顿了下继续走过来。

段以恒心里有些诧异站在那里没动,看着那人渐渐走近。

来人身上着了件灰色的长衣,近看才发现底子原是素色,不过是沾了些脏污没有洗净看着发灰,发髻挽得也不齐整,样子看上去有些落魄。

那人走近了抬眼看着段以恒略略点了点头,正要擦身而过时忽然停住了,疑惑地看过来,"你是……红衣?"

十 清明之祭：相劝

段以恒却早惊怔得呆住了，到此时才说出话，"你是秦嘉？"

秦嘉就是当年南颍知州府的公子，杜陈秋的倾心之人。那年杜陈秋愤激之下自沉，秦嘉心中大恸，却不敢有悖其父禁令只能在家独自垂泪。后来还是悄悄恳了杜红衣带他认的陈秋的坟茔。那天秦嘉摸着坟碑哭得天昏地暗。

杜红衣原本对他有些不屑，只觉得陈秋为了这样一个人了断一生实在是不值。可见他悲恸欲绝，心底也不由欷歔，秦嘉对陈秋毕竟是真心。说到底谁叫陈秋只是个戏子。

若不然，两人或者能得个善终？——只是这样的推念，当年的杜红衣不敢相信，如今的杜红衣依然不能肯定。

今日见到秦嘉，意外也不意外。去年冬至杜红衣来时这里草木杂生，看着是长年无人祭奠的情状。若非入口处那两株并生的乌桕，要找到陈秋的坟茔只怕得很费一番功夫。

当年秦嘉看到这乌桕好不容易止住的眼泪又开了闸，曾对着杜红衣泣了句："草木尚且如此……"

冬至时杜红衣心底一片凄凉。若非他还记得，凭陈秋当年如何的红火，也不过是归于一座孤坟荒冢。而此际能见到秦嘉，略略宽慰之余又不免有所慨叹：一生繁华落尽，系念不忘他的终究只是那

台上青衣浑似我

一个曾经钟情于他的。于是思绪转到萧岐，可却也只是稍触即回。

有些事，做下了就只能一直走下去。有些人，放开了又何必再回头。可以回忆，然而不必再次倾情。

"脸上的伤怎么回事？"第一眼之下难免的询问。

"没什么，只是意外。"杜红衣笑笑。

秦嘉眼中露出惋惜之意，"可惜……台上岂非有碍？这样的伤只怕难以掩去。"

"早不上台了。原本也非我所愿。"

他脸上淡淡地，秦嘉只好点点头不便再提。

"皇上南渡之后南颖不久就被攻陷了，我随着父亲逃出，辗转流落江湖，一路颠沛穷病交加。"两人在墓前坐下，说到这些秦嘉脸上并没多少表情，多年的愁困已经教人麻木，"老父去后，都说南颖如今更为繁华，我就想着好歹也要回来，就是死……也得在这里。"他回头看着陈秋的坟，眼圈渐渐红了，好半天不再吭声，忍了半晌眼泪终究流下来。

杜红衣默然陪坐一旁，见他情绪稍定才问道："今后有什么打算？"

十 清明之祭：相劝

秦嘉垂泪哽咽，"只想待在他身边，守着他，再不想他荒山野地里一个人凄凉卧着。"

杜红衣听了心里难受转开脸去。山间安寂，起起伏伏的是随风而动的云气。远处朦胧可见城郊的河水平畴，若是晴日一眼望去，视界很是开阔。

当日他去护城河收殓陈秋之后，特地为他选定了这里。陈秋那样心高气傲的人，这样一处地方才不致辱没了。

停了会秦嘉问杜红衣，"这几年你怎样？听说在逢阳城你遇到萧相家的公子。旧年曾随父亲拜访萧相见过萧家公子，极温和风度的人。"说到此牵动心事，叹道，"红衣你比陈秋要福气得多，陈秋不幸遇到我秦嘉……"

杜红衣却轻轻摇摇头，"你错了，陈秋比我强。"

陈秋一生勇往直前地爱了一回，虽然结局不如意，于他而言也算没什么遗憾。想到萧岐那样一个人倒是比秦嘉不幸，杜红衣心头一阵黯然，不知他如今可还好。

二月初汛期之前乾坤再次巨变，北廷的水军突然袭击大破南朝江边防线，之后大军趁机南下，溃败的南朝龟缩到永州城中死守。两百年的根基终究不比寻常，何况永州城地处山区，山峰险峻，踞势而守一时倒也难攻。只是终究孤掌难鸣，南朝覆灭已为期不远。

其中萧岐功不可没，杜红衣记得他曾说过北廷的水军是他一手练成。也记得那晚萧岐深情问语：待功成身退之后，红衣你可愿还与我一起。

天色到晚反晴了。西山上几片云彩薄薄地，微红，使得黄昏的天空看着越发地透润清朗。一抹夕光探入马车，杜红衣看了眼对面坐着的段青，说："你是不是有什么想问的？"

段青微微犹豫了下，说："凤歌曾经来问公子你是不是杜红衣，现在我已经知道答案了。"

"哦……嗯，凤歌会问也寻常。"只是这样看来相关的传闻应该也已不胫而走。杜红衣默然片刻后说，"只是，如今已没有杜红衣，只是段以恒。"

段青轻"嗯"了声，说："公子放心，我明白的。"

杜红衣低声说："难为你了段青。"

段青忙摇头，"不会。四五年了，公子你知道我的。"

杜红衣拍拍他，微笑着点了点头，感慨着说："是啊。"

马车一路微晃，斜靠在车厢中人不觉轻轻合上了眼，可真当合上眼了思绪反而清晰了。杜红衣想起秦嘉的话，"我是个没用的，眼

十 清明之祭：相劝

睁睁看着他被拉走，还对他说'分了吧'。其实当初只需一点勇决，再难也终是能捱过去，又何至于如今天人永隔两处凄凉。"

这话满是沧桑，风中他随之飘飞的鬓发已有了斑白痕迹，而以他的年纪还不到而立。他回过头看着杜红衣，笑得凄楚，"若他还在多好……他不在了，说从头说来世，都是枉然。"

下山后杜红衣想把秦嘉送回住处，秦嘉却要在城门口下车，他不想杜红衣看到他落魄的现状。杜红衣没有坚持，只是告诉他说这几日会帮着找人在陈秋的附近建一所屋子。

临别秦嘉欲言又止，最后说："红衣，我这样的人没什么可以赠你的，只把这半生得来的体悟对你说说。"

杜红衣心有所感，知他恳切之意，便点点头听他说。

"以我为鉴，你别错过了那个对的人。"

马车忽然一顿停住，杜红衣睁开眼才发觉眼角有些湿了。段青下车付车钱，杜红衣微不可察地叹了口气，躬身下了马车。

十一　繁华烟却：情归

《孤心》的首场仍选在福安酒楼。城中早已传开，是夜又是一场盛会，福安楼满满地尽是来看凤歌这折新戏的。

很多人一早便赶了来占了座位，戏未开场便要了壶清酒，就着几碟花生米茴香豆之类四五人一聚地在那边吃边聊。

杜红衣也悄悄定了一处包厢。他来得迟，算算时辰戏快开场不能再拖了才出门上了马车。

没想到行出院门不多久就顿住了，杜红衣挑开帘子看了眼，见路旁有一个蓬头老丐伸腿睡着了拦了路。段青止住了车夫的骂骂咧咧，下车推醒那乞丐。没听清他说了些什么，只见那老丐惶惑地醒来后接过他给的铜钱感激得频频打恭。通了路，马车继续行进。

杜红衣微笑着看段青。

段青脸有些红，说："常在巷口看到，也就熟了，每回见了忍不住稍稍接济一下。"

杜红衣知他是记着幼年遭际的缘故，点点头不再提，只说："做

十一 繁华烟却：情归

你觉得对的就好。"

转上大道，路上的人声多出了几倍，听去大多是往福安楼听戏的。杜红衣微微一笑，凤歌的声名已是今非昔比。

待进入包厢，底下一片黑压压的人头。想来凤歌这一唱若得成功，《孤心》这戏只怕也要随之红遍大江南北。到那时或者便会传入萧岐耳中，若他听到了又会如何……

杜红衣忽然十分拿不定自己的心意。长京一别四五年过去，他原本平静的心是否早在遭遇凤歌之时便已生出了某些不该有的眷恋？

胡琴声哑，戏已开场。杜红衣吩咐仍是如上次一般整场戏都压着帘子。

隔着轻纱帘坐在那里，早已熟稔的唱词一一流过心头。生角阿原唱道："暗夜良长，春山过处，已惯行程肯稍驻？到今朝，把花期都误。"

在戏中那是一个春天，远赴长安屡试不第的他正走在一条山道上，漫漫花光，人在客途，想到家乡一直在殷殷等着他的女子，想到前途一片黯淡茫茫然没有着落，心境又怎一个寥落了得。

而在戏外，包厢中默然倾听的杜红衣记忆瞬间倒回逢阳城那夜宴罢归来，杜家班门前萧岐执着他的手说：信是人间有好梦，余生不许付长嗟。

倒回到萧岐说"我也能是一个友人"，说"红衣你终是不肯信我"。

乃至后来的宜安城中与赵兰儿情好日密，萧岐每次走开的身影。

杜红衣心想萧岐你可知这句唱词便是我当日一直未曾向你解说的心里话。

剧情一步步地进展，回忆中心底一片渐渐洇开的钝痛。他在泪光朦胧中看台上唱作的凤歌，凤歌手中拿着一张纸正在念白："行行，廿载烟云一梦轻，沦落风衫青。长恨繁华，淹却繁华，误了卿卿。"

泪水终究滑下。

身边的桌上不知何时静静放着一条汗巾，扭头看时段青的身影正撩开门帘走出包厢。

"天涯颠沛，两处孤单。恨青山未怜望眼，叠做重峦。"台上凤歌身背行囊，跌撞寻觅中唱腔凄戚。

十一 繁华烟却：情归

  而那千里之外的人到如今功成名就在即，四五年的寻觅杳无音讯，他应该已经放下。

  杜红衣不再听下去，擦干泪痕，他拿出早已备好的信笺走出包厢。段青并未走远，就在门外守着。杜红衣把信笺交给他，让他送到后台让郭班头一定明日后再转给凤歌。

  段青回来时，杜红衣已在福安楼侧门外等着。楼外灯火尚明，街巷却悄然少见人影，人们都在戏中颠倒。而楼内琴鼓咿呀，此际清晰传来阿原的落寞声腔："种种行错。鸳盟分作各。旧时约。来生诺。彩云飞，笙箫落。双孔雀。"

  杜红衣叹了口气，说："我们走吧。"

  出城门时杜红衣十分感慨，掀开马车帘幕望着夜色中的南颍城门。这一年遇到凤歌，也是个沉淀往事的契机。到如今想做的都已做了，一切也都该就此抛开了。若《孤心》能红遍大江南北，便算做他的喉舌吧，想来该明了的人应是能明了的。

  前台的凤歌与阿原入戏很深，台下人众如痴如醉，不时爆发彩声。郭班头听到中场心放下了大半，叫过后台总管吩咐了几句，就抬起手中的紫砂小茶壶啜了口轻哼着戏中的曲词转回房中休憩去了。

台上青衣浑似我

谁知还没怎么眯着,门上就响起了急促的叩击声。先前那总管在叫:"老板快开门。"

郭班头翻翻白眼,暗想这小子怎么这么当不起事呢,这都铁板敲钉就等着唱完戏大家伙去好好喝一顿了,居然还来烦他,难道事事都要他来过问?

待他起来没好气地打开门,一眼却看见外面除了那总管围站着好些个人,阵势有些逼人,仔细一看,当头的正是曾经见过的那位京城大官。慌得他就要伏地叩拜,却被对方伸手拉住。

萧岐一听到那句"行行,廿载烟云一梦轻,沦落风衫青。长恨繁华,淹却繁华,误了卿卿",就明白了:段以恒一定就是杜红衣。

自二月里那日不得不返回兵营,萧岐一直关注南颖城郭家班讯息,这夜好不容易赶来时戏已开场。他原想着段以恒或者也会来看戏,就将拜访的事推到戏后,没想到竟会有这样的惊喜。

只是这是当日杜红衣离开时给他的留言啊,如今这样明白地放在戏词中,只怕其人已经不在南颖。萧岐心里一紧立即起身离开了福安楼。

待在段以恒的住处扑了个空后,他就再也控制不住,那种就在眼前却怎么也抓不住的无力感充斥了全身。这么多年的寻觅终于得

十一 繁华烟却：情归

了个确切的消息,难道老天竟不肯成全?

郭班头说段以恒先前曾送来一封信,萧岐仿如濒死之际看到天赐的生机,一把攥住郭班头的手忍不住口气里就透出了哀恳之意,"能否一观?"

郭班头不敢怠慢转身即从房中拿出了那封信。而此时前台彩声一片,大幕未落凤歌还在戏中。

那阵疾雨般的马蹄声并没引起杜红衣的注意,直到它们忽然阻在了他的马车前。

马车被迫停住了,段青似是想发问却被人止住了。外边一片诡异的安静,杜红衣微微蹙眉,正待出声,听到有人催马来到帘外,轻声说了句话。

"红衣,是我,萧岐。"

深色的马车帘幕在夜色中显得十分黑重,仿如厚厚的门隔着那个人,隔着前尘今日。如今只要一伸手,萧岐却忽然有些情怯,心跳得厉害。

仿佛沧海已作桑田,可那帘幕依然垂着没有一丝儿动静。里面

台上青衣浑似我

没有任何反应。

萧岐迟疑了一下伸手缓缓揭开那道车帘,夜色随之一点点地投进了车内。里面的人身形端直,往上看,长长的泪水和着月华在他苍白的脸上一齐静静地流淌。

杜红衣双手紧紧地攥着座上的缎垫,一句话也说不出,只是定定地望着那张熟悉的面庞无法遏制地流泪。四五年过去,原来思念并非淡了,而是已然刻骨。

萧岐停住了,眼泪也"刷"地落了下来,可心却一下子安定了。

南颖城杜红衣的住处。

萧岐说:"有一件事要找红衣问罪,《孤心》里我怎么成了女子了呢?"

杜红衣一怔抬头。屋里没有点灯,两人都站在窗前,月华斜了半身,照见萧岐眼里满满漾着的清亮亮笑意,他在继续说着,"好在里面有一句,'彩云飞,笙箫落。双孔雀。'"

吟完这句唱词他看住杜红衣,低声说:"红衣你说,这句指的可是此刻?"

他眼中的渴求带着温柔让人无法抵挡,杜红衣忽然红了脸,转

十一 繁华烟却:情归

过头就想走开。可萧岐拉住了不放,杜红衣慌乱地推他,拒绝声里有着几分激烈的恐惧,"不!不行!"

相持使得静默凸显,杜红衣扭头看见萧岐眼里已注满了悲伤。

呆了半晌杜红衣说:"萧岐,你我终究是不同的人,再贪多,我的罪孽就深重了。"

萧岐摇头,只问:"你究竟在怕什么?"

杜红衣怔怔地看着他,终于沉重地长叹了口气,"其实我早已没了介入的资格。"他垂下头,转眼看向别处。

萧岐却笑起来,"有没有资格,得我说了算吧。"接下来的话他说得坚定,"来生诺与今生约我都要。你不许再走了,要走我们一起。"

杜红衣心中震动,他看着站在明暗交界中的萧岐笑容平静别有一番轩昂态度,想说的、耻于启齿的全都满满地堵在了喉头。

他终究做不到只顾着自己,往事一路积贮到今日早已经结成了厚厚的硬壳裹住了他,长京时他走不出去此刻他依然走不出去,逢阳城之后他们已经在各自的路上走得太远太远。此刻站在明暗交界中的萧岐仿如站在他人生的分岔口,他又岂能忍心看着萧岐就这么随着他从此往暗里迈去了。

突如其来的悲伤涌入杜红衣的眼中,他摇摇头想说"我们过好今夜吧"。然而萧岐已经侧过脸，嘴唇紧紧压住了他的。

杜红衣瞬时定住了，这猝然的一吻冲破往事直逼到他的真心面前，裹壳纷落如屑如尘，他猛然发现他对萧岐的拥抱与亲吻竟是渴望已久。

萧岐心跳得厉害，他清晰地感觉到杜红衣没有丝毫的反抗。实在的触感是一种幸福，却如同冰冻之后的复舒，细细密密的刺痛瞬间碾过全身。他抱紧杜红衣深深吻入，他要这样消融了多年来两人之间的所有伤痛。

杜红衣脑中轰轰乱作一团，他想不起他对萧岐的这种渴望是什么时候开始的事。他与萧岐的第一次四唇交接是在宜安城外的送别，那一次他推开了他，这一次却再没力气推开。

进入的时候生涩地疼，杜红衣的额上渗出一粒粒细微的汗珠。而窗前的月光圣洁，沉迷中的萧岐眉目别样地清晰，这一切和着低吟、喘息与欣悦全都化作一只巨大无形的手，拨弄得人心神俱丧。杜红衣形近自虐地承受着，如果疼痛与鲜血是新生的必经之途，他愿意独自承担。

十一 繁华烟却：情归

第二日清晨城门一开，萧岐就同杜红衣带着段青乘两辆马车离开了南颍。

渡江之后一路往东南方疾行。十日后永州城破的消息传来，萧岐听到不由低眉沉思，过了会儿发现杜红衣在看着他，才抬眼笑道：这一带山地郡县众多，天下初定之际整治起来需要耗费许多时日，我们趁乱掩身其中最好不过。

夜幕深笼时他们到了一处偏僻小镇。四处人声悄然，客栈的灯笼风中微微晃动，光线昏黄不清，两人站在阶下，脸上的笑容却很是明朗，仰首吸一口气只觉清新感直透至全身每一细微处。

小二送来两大桶热水打着哈欠走了。屋里隔着屏风暖光迷蒙，静静流泻过来。连日奔劳都有些乏了，萧岐转目去瞧杜红衣，杜红衣微觉尴尬避开了转身欲走出屏外，口中含糊说："你先吧。"

萧岐拉住他，笑道："分什么先后难道要等水凉了？"他伸手去解杜红衣的衣裳，杜红衣下意识地阻住，"我自己来。"

萧岐含笑不动，杜红衣不由自主地松开了手。这几日他什么也不想，只跟着萧岐一路而南，他知道若是稍稍多想就会陷入莫名的恐惧当中，虽然这一路并未见到什么捉拿告示。五月里的衣裳单薄，没一会便委落脚旁。杜红衣只是深深望住萧岐，他想走到如今，他

台上青衣浑似我

两人之间还要分什么彼此?

萧岐抚着杜红衣脸上的伤疤,"一直想问这里是怎么回事。"
杜红衣低下眼,轻声说:"不小心划到了。"
萧岐怜惜地看着他没作声,手指在伤疤上摩挲了半天才低低叹了口气。

热气渐渐蒸去了疲累,萧岐靠在桶沿,"再过两日就可以到白石,少年时我曾经去过那里,是一个僻静的小山村,风光很美。碧绿的水,雪白的石,到午时阳光穿过山林洒在屋前,紫雾氤氲,十分幽谧。"他睁开眼,杜红衣正目不转睛地望着他。他不由微赧朝着杜红衣笑,"红衣你一定会喜欢。"
杜红衣回他一笑,"当然。"

十二　孰为因果：入狱

半夜里杜红衣却忽然惊醒，看到身边睡着的萧岐才定了定神。擦去额上的冷汗他侧过身伸手轻轻搂住萧岐，静了会正要合上眼睡去，忽觉屋外灯火乍然通明，似是不少人进了客栈，可却没什么嘈杂声。

沾湿了窗纸往外看去，全是甲胄森严的兵士，灯火映照下铠甲泛出的光没有一丝的温度。杜红衣怔住了，窗外人影晃动犹如梦魇却是最真切不过的现实。

只是没人前来叩门。客栈中的士兵们持着火把静立，仿如他们只是来履行守护者的职责。

这样的一天其实是在意料当中，可真当来临时，杜红衣还是抵挡不住心底涌来的剧烈疼痛，他站在那里僵立了很久，直到萧岐过来揽住他的肩。

台上青衣浑似我

　　杜红衣缓缓转过脸，屋外的灯火摇曳，暖色闪动着侧映在他的面庞上，他脸色却是惨白一片，眼中的光芒流转着悲悯、追悔与不舍。萧岐心里一痛拉过他抱紧，说："萧岐无能，做不成陶朱公。"
　　杜红衣没说话下颌抵着萧岐的肩只是摇头，他怕一开口就是痛哭失声。然而泪水终究忍耐不住。他抬起手臂去抱萧岐，渐渐地双手用力贪恋温暖一般紧紧搂着，心中有一种绝望般的痛楚。
　　萧岐颤声问："红衣，你可怨我？是我强求，以至于此。"
　　肩头的温热迅速扩大延展。杜红衣转过脸亲吻他颈侧肌肤，鼻音浓重，说："是我累你至此。"

　　这一句听来低微，却仿佛重似六七年的光阴。逢阳城的相遇单恋，宜安城的种种困顿乃至这些年来的寻觅之苦，在这一瞬间顿化烟尘飘散无踪。萧岐含泪微笑，轻抚杜红衣说："不要哭，我从未后悔过。只是可惜，没法和你一起看看白石，那真是个很美的地方。"
　　杜红衣已是泪流满面全身颤抖着说不出话。

　　自相识以来，杜红衣几乎从未露出过如此脆弱的情状，尽管萧岐一直知道在杜红衣的心中其实积压了很多难言的苦痛，他曾经十分期望有朝一日杜红衣能在他面前卸下所有防范好好释放一番，可真当这一天来临了，他才知道是这样心痛难当。世态之强大，使得

十二 孰为因果：入狱

世人全都做了无助的凄惶孩童。他搂着杜红衣一遍遍地抚着，只恨这双手永远拂不去那根拨弄沉浮的指。

杜红衣哭了会，不再有盈余的愤懑，将亲吻一路压上了萧岐的唇与胸膛。

屋外的士兵们已熄去了火把，客栈人满为患，却又说不出的安静。杜红衣的唇在萧岐身上贪恋般地辗转厮磨着，他的双眼浸满哀伤如同这夜一样地黑，可这黑中又升出奇异的红，仿如屋外的火苗已失手跌落他眼中，又从这眼一点点燃进了萧岐的心……

缱绻恨短，忧患苦多。

而这半生挣扎过，尽力了，可说无憾。两人静静交卧，杜红衣想起与萧岐之间缘起的那一句：卿本是繁华相，着落这人间苦捱风雨。

这唱词原来是句谶语，他与萧岐即便相遇，也不过是苦捱风雨。

天刚蒙蒙亮有人"笃、笃"叩门，低声说："萧相，是张镇。"

萧岐开了门，张镇进来就单膝跪下，"萧相。"

萧岐笑起来，扶起他说："如今我是阶下囚，将军不必如此多礼。"

台上青衣浑似我

张镇有些尴尬地站起身,说:"萧相言重了,王上待你向来信任宽厚,这次一定不会有事。"

萧岐笑着摇头,只说:"我托将军转呈的手书,将军想必呈上去了。"

张镇肃然回道:"张镇接到手书后不敢怠慢,即刻让人快马加鞭两日便送到长京径直上呈王上。"

萧岐微微颔首,说:"我在里面细说了远辞朝堂的缘故。"

张镇有些不明所以,萧岐说:"当日与王定下围取永州之计,虽说是为得民心必以全而争天下,却也有萧某私心在内。如今永州城破,战况惨烈,南朝君臣死伤大半,江山虽得,萧岐一世骂名却已然落下,王若心存一丝顾念定不致陷我于此,将军以为我还有退路么?"

一向倚重的右丞相突然抛下六十万大军独自远引,北王的震怒满朝皆知,他下旨不得走漏消息大军仍打着萧岐的旗号,五日内必须攻下永州,然后全力缉捕萧岐。永州城破,但凡南朝皇族势力一并剿灭,毫不留情。旧日的南朝士子虽然曾经饱受政治腐败之苦,此时却是骂声一片,纷纷指责萧岐毫无旧邦之情,是个叛国求荣的无义之徒。

如今朝代更替,民心难定,北王会继续任用这样的萧岐么?张

十二 孰为因果：入狱

镇不觉半晌无话。

这张镇原是逢阳城的一个巡城统领，四五年前王九山助萧岐护送萧母灵柩回逢阳城，入城时遇到的那位张将军即是这张镇。萧岐入仕后迅即高拔，文才武功显赫一时，仰仗的也不仅仅是王九山的财力，这张镇的勇猛善战也是一大支持。

四五年来张镇对萧岐敬服有加，还别有几分感激之心，不想这次北王竟然命他前来追捕萧岐，他心底着实两难。

沉默了会，张镇终于勉强咳了声，说："天色不早了，还请萧相这就随我上路。"

屋外的萧平萧安等人打算拼死动手，萧岐拿眼止住了，点点头正要迈出门，却见张镇挥了挥手，进来两个卫兵往杜红衣走去。萧岐停住了，回头看着张镇，张镇解释说："王的手谕上说要一并拿……拿获。"

萧岐转眼去看杜红衣，杜红衣脸上已经没了缠绕了一夜的哀伤，只剩双眼尚可见出些红肿，正深深地望着他，见他看过来，便朝他露一个微笑，神情十分平静。这笑容萧岐只觉十分惊心，他转开目光也不看张镇，说："我求你一事张将军。"

"萧相请说。"

台上青衣浑似我

"保他一路无虞。"

张镇扫了杜红衣一眼,后者的眼光只在萧岐身上,他略一顿便冲着萧岐抱拳,"萧相尽请放心。"

出门却没囚车,也没绳索捆绑,只叫上马。两人上了马被牵着离开,段青扑过来哭得悲痛,杜红衣低下身安抚他时目光忽然撞上人群中一个熟悉的笑容。那人黑黑瘦瘦的,瘸着腿站在段青身后不远处盯着杜红衣,眼里带着解恨的快意,像极了当年的杜班头。杜红衣怔住了,这个人分明是段青在南颖城时常接济的老乞丐。

杜红衣这时终于认出了这个老丐是谁。

当初逢阳城破他一脚踢开杜其璋时,再想不到几年后居然还是这个人阻断了他原可大好的人生。这天地说大确实大,大到人人难由自主;说小确也是小,小到因果纠缠而至于此。他一生两次重大的转折竟都在了杜其璋手上。

士兵拉转杜红衣的马头,段青抬起头满目的惶然,下意识地揪紧杜红衣的衣襟。杜红衣拉开他的手指,看着他,张了张口,终于还是什么都没说,只是低声嘱咐:"一个人,要仔细了,莫轻易信人。"

段青含泪使劲点头。

十二 孰为因果：入狱

马儿带着杜红衣移开，渐渐行远，他回过头就这么眼睁睁地看着杜其璋走上前搀住哀哀流泪的段青，低下头亲人般地不断劝慰。

一路疾行，十日后即达长京，长京一派热闹景象，朝廷上下正在筹办登基大典。当晚，死牢中的萧岐躺在潮湿阴冷的床上，阖眼揣摩着北王梁安的心思。

这些日子他已经琢磨了不下百遍，知道这回十有八九逃不了极刑的噩运，可想到杜红衣他终究有些不甘心，忍不住再三推寻生路。他不知道梁安会不会亲自提审，他想他若能见到梁安，或者还能有一线生机吧。

心思又转到杜红衣，想起那个偏僻客栈里他的眼泪与最后平静的脸，萧岐沉重地叹了口气，睁开眼，高高窄窄的窗口里漏进一束清冷的月光。这时他才发觉牢门外影影绰绰地似站了一个人。

那人见他望过来依然保持不动。

萧岐慢慢坐起身，看着那人问："九山？"

"嗯，萧哥。"王九山往前微微挪动了下，身上光影半明半暗，"睡不着，来看看你。"

萧岐笑笑，起身张开双臂略转了转，说："张镇没为难我。"

王九山猝然一句，"他敢！"说完不由暗暗握紧了手指，平复乍

台上青衣浑似我

起的情绪。

两人沉默下来。过了会萧岐低声说："九山，千里护送灵柩之义萧岐没法再还了。"

王九山半天没作声，话出来时听着清冷，"萧哥你也知道，当年那都是有所图谋的，你不欠俺什么。"

萧岐嘴角微动，淡笑着轻轻捶了捶腰背，"这些天的急行军，着实有些累了。"说着坐了下来。

王九山看他轻轻松松一副对此不以为意的情态，咬牙捺了半晌，终于再憋不住恨恨说出了口，"早知道，长京那年就不该饶过了他！"

"住口！"萧岐脸上瞬间笑意全无直直地盯过来，王九山从没见过他这样的气势一时倒噤住了。萧岐说："我知道是你。你不提我也就算了，毕竟红衣总不肯说出是你做的。如今你竟说这话！"

"这话？这话怎么了？"王九山原本听萧岐说不追究心里还暗暗点头，觉得他一腔诚意终究是没错了人，可听到最后一琢磨就不是滋味起来，不由反驳，声音也大起来，"若不是他，萧哥你又怎会到这步田地？依俺，他就该死！"

萧岐狠狠拍了记冷硬的床沿，"嘭"地一声原本铺在床褥间一层薄薄的有些霉烂的茅草簌簌掉了不少到地上，他站起来稳住声音，

十二 孰为因果：入狱

说："王九山你不要太狠毒。"

从来他与萧岐之间一旦涉及杜红衣，萧岐就没跟他缓过脸色，时至今日依然如此，王九山又是伤心又是愤怒，"俺若是狠毒，五年前在长京就不会放他一条生路！俺若要狠毒，早在宜安城就趁机除了他！"

萧岐满眼震惊，"你说什么？！"

王九山轻哼一声，"萧哥你以为俺当年是怎么找到你的。逢阳城破后都说你与他一起逃出了，俺接了爹的生意后就到处在找你的下落，到宜安城时你已经走了，他却留在城里与那女子眉来眼去。枉你对他一直情深，他又把你放在了哪里？"

他见萧岐低头蹙眉不语，就又接着说："好在方庆舒看上了他，他成了方庆舒的人就再没法害你，俺也就放过了他。没想到他最后还是跑到你身边了。俺就知道他会害了你！可为你一句：他在你心中已重到可以没了你自己，俺终究留了他一条命，到今日叫俺眼睁睁瞧着你在这死牢里救不得！"他说着重重一拳砸在牢栏。

萧岐抬起头，"我只问你一句：赵兰儿的死跟你有关吗？"

台上青衣浑似我

　　王九山讶然抬眼看见萧岐正紧紧望住他,他有些无措地收回抵在牢栏上的拳头,避开眼,说:"俺没想到宜安城那头猪急色成那样。"

　　萧岐这一刻只觉得对北王梁安十分感恩:到长京后杜红衣并没跟萧岐关押在一处。赵兰儿之死是杜红衣心底一块去不掉的痛,萧岐想象不出知道了这些详细之后杜红衣又会怎样地悲恸。

　　而赵兰儿当日青春柔美的样子仍宛在眼前,如今却只做了异乡野地里的一把尘土渺然无可寻踪。天地苍莽,人生如蚁,任凭如何施展,终究是逃不开这洪炉炼狱。

　　这是种亘古的苍凉。

　　无辜遭难已没法讨回公道。

　　强烈的无力感充斥了萧岐的心头,如今在即将卷啸而来的急流之下,他与杜红衣也不过是只脱缆小舟,说不准什么时候就要在山崖暗石上撞个粉身碎骨。

　　他背转身,淡淡说道:"王九山你走吧。如你所言,你我之间无非是图谋二字,谢你今夜来探我。走到今日萧岐也没什么可悔的。若真要说有,就是不该和你有丝毫瓜葛。"

　　王九山被这绝情噎到了,吸一口气遏住发颤的身躯,冷笑着说:

十二 孰为因果：入狱

"没丝毫的瓜葛,那杜红衣只怕还在方庆舒手中。这世上人情羁绊到处都是,你又能逃到哪里去?"

方庆舒……萧岐一怔,半晌才点头认道:"是,我没有识人之明,以至于此,更不必有什么悔的了。"

王九山看着他,忽然哈哈大笑,笑到上气不接下气,"可笑,俺真是、真是可笑之极!"他仰起脸,徒劳地想拼命阻住要夺眶而出的泪水。

萧岐默然望着他,待他稍停,微叹一口气说:"九山你也不必如此,以你之能,日后会有更多的'萧岐'。"

王九山摇摇头,说:"萧哥你终究还是忘了,俺说过:这世上若说还有谁是王九山看重的,一定就是你萧哥。"他神色凄然,"若说图谋,俺要图谋的不过是与萧哥联手成一番大业,也不枉了咱来这世上走一遭。"

王九山说完再不耽留,步履蹒跚着走了。

萧岐看着他走远,暗黑阴冷的牢道忽然显得邈长无比。

牢门被推开的声音传来。哐当声中萧岐才低声叹了句:"世事浮沉名利如烟,九山你不知道,我很早以前就已厌了……"

台上青衣浑似我

十三　天人永隔：出狱

一到长京，杜红衣就被悄悄押往刑部赃罚库某处小小的僻院，看守森严，不准踏出院门一步，可是每日吃喝穿用并不短缺。

杜红衣惊疑不定，心想这是要终身监禁了？他又有一丝隐约的安慰，照这样看来，似乎北王对萧岐并未绝情。他向守卫旁敲侧击，希望知道萧岐的现况，可守卫不冷不热，绝口不提外边的事。

半个月后的一个清晨，才起身就听远远地传来器乐嬉笑声。卯时过后几个守卫拿着红灯笼来挂了院内各个门庭，问及缘故，说是新皇登基了，大赦天下。

杜红衣听后倚门茫然站了很久，天下大赦了却赦不到这处小小的赃罚库押所。不知这表明什么。又揪心着萧岐的命运，连着几夜辗转难眠。

然而此后一切复归了僻静。

十三　天人永隔：出狱

　　一个月两个月地忽忽过去，天气由热而凉，日子平稳再没见任何变故，赃罚库甚而会分派一些检点看视的事务要他来做，杜红衣的心慢慢也就安定下来。闲时回顾过往，竟觉恍若隔世，不知今夕何夕。

　　九月的一天杜红衣正在房中录着新近收入的赃物明细，忽然院门吱嘎一声响，传来守卫张三的一记喊，说：杜红衣快快来接谕旨。
　　杜红衣心头大震，站起来推开座椅疾步走了出去。见一个黄门小官捧着一卷黄绢昂然而入。杜红衣吸一口气，低头拜倒。
　　竟是一张赦令，命即日起解除监禁，发回原籍，日后永不得重返长京。除此，再无它言。

　　出了刑部边门，人群摊铺，车水马龙生动鲜活，头上阳光虽然浅淡却令人晕眩。好半天才听见街对面有人叫他，接着扑过来一个人影紧紧抱住了他的身子。仔细看，是段青一张满是眼泪的脸。

　　自那日萧杜二人被解往长京，段青就简单收拾了行李也要随着前往长京。杜其璋却不愿，百般劝止无效只得一起跟着，路上不断生事拖慢行程，终于一日偷偷裹了大部分的细软独自逃了。
　　段青发现后也是无奈，辗转到了南颍，与凤歌众人见面前后一说，真相大白。

段青几次哭倒。凤歌则决意要去长京，即便无济于事也要倾尽所有为萧杜两人打点，说不然一辈子心底难安。郭班头捺不住他，只得带着全班人马往长京迁转。

段青等不及，二十多天后一个人风尘仆仆地先行赶到。然而却见不到萧杜两人，只听说萧岐下了死牢。杜红衣不知押往何处。

等到凤歌诸人到了，依然打听不出丝毫相关杜红衣的讯息。朝廷中人甚至有根本没听说过杜红衣这名字的，更不要说见过其人。

段青不死心，只得每回刑部提出人犯就跑去仔细观望。眼见三四个月过去，渐渐地也开始灰心了。

不想这回竟然在刑部边门接到杜红衣。

"公子！公子，真的是公子出来了！"段青语无伦次，笑着叫着泪水横流。

杜红衣满心感慨，摸摸段青的脑袋，"是啊……终于出来了。"他停了停，想起当日与段青的分别，略略迟疑，问："你怎么来了？……一个人？"

段青本已擦了泪，拉着杜红衣两人一起沿着街边走着，听到问点点头眼泪止不住又下来了，"我、我对不住公子。"他眼中充满痛悔。

十三 天人永隔：出狱

杜红衣听到，反倒放了心。

段青一边哭一边说着。杜红衣心里系念的一件事，话到嘴边忽然怯得不敢问，只在心头突突乱转，搅得情绪难定。勉强按捺住，他叹口气替段青抹去眼泪，说：这些事都是前业后偿，也怪不得你，现在我们一切安好，不必再放在心上。

段青仍一路擦着眼角，带着杜红衣拐过两个街口，说：凤歌他们也来了，没想到北地人也爱戏，不几日凤歌就崭露头角，如今大官们府里常请去，据说某日皇上也曾私服去听过。

杜红衣低头听着，不提防段青说着说着止了步。杜红衣疑惑地看向段青，这才发现眼前早不是人烟如织的闹市。他们停下来的街道两旁一溜儿青色高墙，偶尔身旁走过一两人，是个安静的胡同。

段青侧身暗暗指着左前方的一人说：今天早上就是他跑到班子里，让这个时候在刑部边门候着公子。

杜红衣抬眼看四五丈远的那人一身仆役打扮，态度恭谨地站在一乘青布小轿旁边，转眼看到他们，冲段青微微一笑就走了过来。

段青赶上去谢道："多谢这位大哥，我已经接到我家公子了。"

这人微笑还礼，而后对杜红衣问得很是斯文，"杜公子，我家主人有请，不知能否移驾一叙？"

杜红衣注意到那边轿帘略掀开一角，似有目光扫过这里，然后轿身微倾,轿前的挡布一动,下来一个人。

看清之后,杜红衣原本激动难安的心绪瞬间跌落冰点。

那人身形瘦削,着四品服色,神态沉稳地站在轿前,可看向他的目光中透出了些激切。两人视线交接,那人不自觉地挪前了两步。

杜红衣很快移开眼,对那仆役摇摇头,然后吩咐段青说:"我们走吧。"

段青瞟了眼轿前的那个官,又看了看露出诧异表情的仆役,迟疑着没有动。

"段青。"杜红衣低喝了声转身就走。

下轿的人,不是萧岐,是方庆舒!

胡同风冷清清地旋过,过早斑白的鬓发被风卷着拂上方庆舒清瘦的脸颊。

平羌之后他一直助镇北关,接旨归京没两天。昨夜掌灯前梁安忽然传召,他才知杜红衣禁在赃罚库。羌人勇猛善战,他这些年随军出击,生死多悬一线,本以为这辈子再见不到杜红衣。

"红衣。"方庆舒忍不住开口喊了声,然而杜红衣脚步很快并不回头。段青急忙匆匆对他两人打了个躬赶了过去。

方庆舒站在当地心底一阵抽痛。突如其来的惊喜搅得他一夜难

十三　天人永隔：出狱

眠，却想不到杜红衣决绝至此。别的倒也罢了，竟连说句话的机会也不给了。走到今朝，只此遥遥一望便了断了种种前尘。

褚横上来低声说了句"大人，我去截住他们"就要飞身赶去，方庆舒叫住了他。

去洪达班传讯的仆役褚横，其实不是仆役，是方庆舒在北关招抚的一名好手，对他很是忠诚敬慕，后来做了贴身侍卫。

杜红衣两人没多会儿便转过拐角再望不见。方庆舒默然而立，褚横垂手陪在一旁，良久才听到低低一句："他不想见我……其实我早该知道……"

褚横迅即抬眼瞥了下，方庆舒神色茫茫然的仍盯着杜红衣消失的地方。

这话看上去不像是对他说的，这种茫然的神情褚横也从未在方庆舒脸上见到过。方庆舒一介书生，北关征场上却毫无惧色，没想到此刻会这么脆弱。他踌躇地等了会，方庆舒却再无话，只得上前恭言劝道："大人，风大，还请回轿。"

段青一路领着杜红衣往洪达班去。两人都没说话。走了段路后

台上青衣浑似我

杜红衣忽然叹了口气,"你一定奇怪其中缘故吧?"

段青摇头,"公子所为定然有着你的道理。"

杜红衣微微一怔,而后点头不再言语。

到了洪达班,郭班头已带着凤歌等一众人赶去酒楼唱堂会,班中只剩零星几个看管的人。有几个老的管事见了杜红衣免不了上来问候寒暄一阵,不多会即散去。杜红衣在房中坐定,看着一直忙前忙后张罗的段青,心底的不安越来越大,他已不想再忍耐,"段青,萧岐呢?"

段青正在铺叠床褥的手顿住了,他直起身不知所措地站着好半天没回话。

杜红衣的脸上渐渐褪去了血色,可仍然坚持望住段青。

段青口唇蠕动了半晌没出一个字,眼里忽然落下两道泪痕,"萧、萧大人……"他哽咽着说不下去。

杜红衣脸色苍白地站起身。一大早他并没吃多少东西就忙着誊录赃罚库分派的文据,小半天下来各种喜忧接踵而来,原本早已疲乏,只是心中有事一直撑着。他刚想走过去胃里蓦地一阵绞痛,冷汗粒粒自额上沁出。他弓起身,扶住桌角张了张口,只觉得嘴里遍是苦意,低声问道:"他……他怎么了?"

十三 天人永隔：出狱

段青哭着奔过来抱住他，"萧大人在登基大典前一日，被、被推往午门……问斩了……"

他说完心中悲恸，一边使着劲把杜红衣往椅子上挪，一边不住地拿袖子揩泪。哭了会才发觉对面什么动静也没有，忙抬头，发现杜红衣脸色煞白，直着眼呼吸似都没了。

杜红衣此刻满脑子都是"问斩了"，震得他眼前漆黑一片，整个人都轻了，意识飘忽，忽而白光一闪，萧岐在宜安城中的那副微笑模样明晃晃地出现在那道白光中，口唇开合似在说着什么。他听不清，全然地听不清！也没法动弹，只是眼睁睁地看着，心口剧痛，早不见了身周的一切。

段青吓了一大跳，顿时慌了手脚，扑上去抓着杜红衣的肩摇道："公子！公子你怎么了，你、你别吓我啊！"

杜红衣依然没有反应，渐渐口角漏出缕血丝，跟着便是一口血咳了出来，人已往后仰倒。

众人被段青的哭喊惊动，奔进来，掐人中抚胸口忙乱一团，杜红衣只是不醒。

台上青衣浑似我

　　不多时凤歌等人回来,乍喜乍悲惊痛交加,急忙请医。检视一番,只说是多日肝郁脾胃虚寒,积聚下来的毛病,应无大碍,一时急痛攻心而已。开了方子,人参白药白术干姜当归茯苓等等一长串的药名,都买了许多日日煎着。

　　一个多月过去,人仍是不见醒,每日只能勉强灌入些汤粥,诸药也直如石沉大海,眼见着眼眶深深下陷去了。

　　段青再忍不住,扑在杜红衣身上大哭,说公子你怎么忍心撇下我一个,说段青千古罪人,若非是我萧大人也不致那样下场,你们一定已经过得好好的了,说你若有一个不好段青也不想再活下去了……哭到声嘶力竭,抓着杜红衣的手几次厥过去,谁也拉不开。

　　凤歌在一旁也是哀戚掉泪,偏偏这长京的大官府中请戏都少不了那两折《落红》与《孤心》,每回演罢回来看到杜红衣这种景象,哪是一个伤字了得!郭班头劝不得,背过身只是望天长叹,一众人等都是束手无策。

　　谁想第二日杜红衣就缓缓睁了双眼。段青大喜过望,扶着起来喂了汤药,他也肯吃下了。然而双目无神,每天只是睡,醒了就睁着眼,也不认得人,对周遭一切全无反应,犹如活回来一个壳子浑

十三 天人永隔：出狱

不知魂灵儿落在了何处。

如此几日，忽然一夜过去人不见了。

众人这个惊急，到处找遍了仍然踪迹全无。又不敢声张大肆寻觅，因那日在杜红衣身上翻到过那纸谕旨，明写着解禁后要发回原籍的。

段青几乎就要寻了短见，好歹被劝下，说是既肯顺当地吃下药食，杜先生心里必然有着他的打算一定不会有事，还需慢慢查访，急不来。

日子在焦灼中缓步过去。

这天一早段青照常出门寻访，走了一阵，见家家忙着备香烛黄纸，青烟带着锡箔纸灰飘了半空。他在风中停了步，迷茫地看着灰烬悠悠飞落，半天才想起今日已是冬至，不知觉地就是两行泪流下。

待他带着祭拜之物来到荒地乱坟堆中找到萧岐的墓，只见眼前一片狼藉。墓碑被推倒，坟头也已被扒平，坟穴残坏，加上前段日子的雨水冲刷，冷泥翻检得到处都是，凌乱掩着衰草，景象零落凄凉。却未见白骨痕迹。

台上青衣浑似我

这该有多大的恨,才到这种死后掘坟的地步!

左近无人,野烟茫茫,段青缓缓坐倒,手中的东西散了一地。他只觉得他一直以来全力维持的心也这么散了一地。地气湿冷,坐久了侵骨入髓,可他已无力起身……

乌云横布长空,杜红衣找到萧岐墓的那天,午后晦暗之下的苍野是一派寂静。

北地初冬的野风已带了些锋锐,可杜红衣感受不到,他一眼就定在了墓碑上,那里粗疏刻有六个黑色大字:罪臣萧岐之墓。

罪臣!杜红衣只觉得气血逆翻,全身颤抖地直直瞪着那六个字,"罪臣呵——哈哈……"他忽然纵声而笑,两道长长的泪水从眼中笔直流出,剧烈呛咳,"罪臣……云山清净……"

他咳得痛苦地躬下了身子。荒坟之地他的笑声萦绕不去,苍凉惨烈,带着一种挥之不去的诡异之气。

额头在剧咳声中渗出冷汗,找到这里已经耗费了他太多的精力,他抓住墓碑不由自主地滑坐地上。

十三 天人永隔：出狱

杜红衣额脸抵在冰冷的碑石，片刻后睁眼又看到"罪臣"那两个字，他忽然不知哪里来的力气站起来拼命去推那碑石。力不够，找来大石块砸，直至它断成两截倒在地上才罢了手。

他转头对着隆起的坟堆笑着说："萧岐你看，它倒了，你一定和我一样痛快吧。"他走近坟堆，脸上分不清是汗水还是泪水和着泥污一道道地淌过，低声说："这里阴冷，你跟我一起离开可好？"他说着伸手去扒坟上的土。

坟土冷硬，一时扒不下，就拿碎石块与枯木枝一起凿挖。周遭是迫人的寂静，凿挖的钝响一声声地在野地里湮灭又作起，杜红衣挥掘的身影在苍天与荒野之间如尘埃一般地微小，又如风中张着枝桠的老枯树一样孤独倔强。

终于坟头平了，他扔了手中的石块与枯枝，似是怕伤着里面卧着的人，开始徒手而掘。

没多会指甲断裂，指头也磨破，挖出来的泥土带上了血迹，凌乱交杂的黑与红。杜红衣却浑然不觉疼痛，口中只是低低地温柔唤着萧岐的名字，说：萧岐我这就带你走，我们去白石，以后再不分开。

逢阳城，风声肃寒。

台上青衣浑似我

城中百姓大多早早地睡了。只在一个小小的院落里，冬夜的烛火尽了最大的气力摇曳出一小团暗淡的黄圈投在杜红衣身上。

那天他掘出萧岐骨殖一把火烧尽了存在一个式样拙朴的青罐里，一路而南，到逢阳城才暂做了歇脚。

这里是他与萧岐第一次相遇的地方。

逢阳城经历战火，已不复旧日景象。然而这于杜红衣并无妨碍，旧日全在他心里，旧日的人事犹如铜镜，拿出来磨去锈迹灰痕只觉比往日还要亮堂，还要扎人。

他白日带着青罐踏过旧时街巷，到夜里细细捡拾过往，抚着青罐低语，心里一时悲一时喜。

卿本是繁华相。

自杜红衣走进杜家班，一直都在向往繁华安定，想要为这苟延的生命做一个交代，却谁知往年那段戏子生涯才是他这辈子极繁华的一段，而最安定的则是宜安城里与萧岐两人的一教一学的日子。

萧岐说：繁华相这三字也是清清如水。然而萧岐故去，他杜红衣最终还是错过了这样的清清如水……

那个时候萧岐、王九山、逢阳的种种酒会，和着夜色里的牙板

十三 天人永隔：出狱

笙箫彩灯下的云水身段，无一不是"热闹"俩字；那些日子里与萧岐谈经论史琴书诗画平安喜乐，而如今只身江湖形影相吊，说不尽的萧索无奈。

或者真个就是人生如戏，必要捱尽风雨才肯罢休。如今属于他的那出繁华戏场已然落幕，却还得在幕后这样将就着打点些寡淡日子。

因他还有事要去做，他要找到白石，那是萧岐生前向往之所。

天亮后杜红衣收拾行装再不停留，逢阳城被一步一步地抛在了身后。

半个多月后终于辗转打听到了白石村所在。晚上在乡野的一处傍山的简陋客栈歇下，杜红衣倚在案边默默地对着房中空墙暗黑的一角，下颌紧贴在青罐上缓缓蹭着。萧岐，萧岐，今夜他真是想极了萧岐。

萧岐，你曾说你可以是个真正的友人，你还真是很傻，宜安城中我说我要重新为人你就把手从我唇上拿开……

等到了白石，我就和你一起去，我们一起在这天上尘间遍地游

台上青衣浑似我

徊无拘无碍,那时我再唱那一句"卿本是繁华相,着落这人间苦捱风雨"。

我要笑着唱给你,你记着也要笑着听,再别流泪了,要替我好一番喝彩才行……

第二天是个晴好天气。

杜红衣夜里很晚才睡下,此时直到日近晌午才醒过来。

睁眼的那一刹那他习惯性地去揽那青罐,却揽了个空,心里一惊翻身坐起,正对上一双温柔含笑的眼。

十四　繁华褪去始繁华

是萧岐！

杜红衣瞬间忘了动作。山里的光线此时亮度还如山外的清晨，折进房中更显朦胧，杜红衣就在这微明中细细看住萧岐，只怕一眨眼他就不见。看了会，他牵动了下嘴角想笑，眼泪却先无声息地流下来，说："你……终于肯来看我了……"

萧岐一直含笑的眼中霎那闪过泪光，他走过来紧紧拥抱杜红衣。

杜红衣的泪再止不住，回抱住萧岐，模糊中听到萧岐说："是，是我来迟了。"

一路上的哀伤与思念叠加着山一样地压来，杜红衣全身颤抖陷在情绪中不能自拔，低声说："从长京到逢阳，到这里，太久……太久。"

然而忽然发觉不对劲，怀中分明温热如常人，杜红衣心里震惊得厉害，立时松开双臂仔细摸了摸萧岐，确认一样地唤了声：

台上青衣浑似我

"萧岐?"

"嗯。"

萧岐抬起头时红着眼圈,声音还带着点哽咽,一道浅浅阳光正投在他面庞上。

杜红衣如坠梦寐,好一会后醒过神,攥紧萧岐的胳臂,"你、你——"狂喜在胸腔激宕,冲撞得他"你"了半天居然再说不出一个字。

萧岐一愣,低头捶着额角忍不住笑起来,"我糊涂了,看你流泪,心里又是高兴又难过得厉害,早忘了说我还好好活着,只想着怎么没早些来接你。"

杜红衣听他说着,指间却不肯有一丝的松劲。他把萧岐上上下下地看遍后猛地再次抱住,伏在他肩头一遍遍地抚着,一张脸上哭笑难辨。

半个月后远在长京的段青收到一封密信,封皮上全无半点来处讯息,只大书着洪达班转段青启。他拆看之后便和凤歌道别匆匆起身一路而南。郭凤歌一直将他送到城郊的长亭之外,段青走得人影不见了凤歌还在那久久驻望。

十四 繁华褪去始繁华

郭班头终于忍不住拍醒了他,"今晚上李右丞府上叫了堂会,可别耽误了。"

凤歌脸上没什么表情,问道:"要了些什么曲目?"

"除了《落红》与《孤心》,添了场《吴越之争》与《月下追韩》。"

凤歌垂眼笑了笑,"师傅,戏里唱得真没错,最难猜测帝王心……"

话未说完就被捂了嘴,郭班头一脸的惊恐,"嘘——"他转眼看四周,又气又急地压着声骂道,"你这小子作死啊,这种话也能说得的?!"

凤歌不做声,郭班头怒气未休继续骂道:"你死就死了,还要连累一班子的老老小小呢!"

凤歌垂了头,眼底黯然无光。

郭班头见他这副模样,又忍不住地心痛,一把揽过他说:"你这孩子,师傅知道你心里难过,为你段先生这辈子不平,可这些年,班里上上下下谁不是围着你转,你怎么忍一撒手伤了大家伙的心。"

凤歌心里一酸,低声说:"我只是有些感慨。何况这以后天涯难见的……"

郭班头用力抚他的肩,点头劝道:"你啊也别想太多,好赖他两人平安无事,还有什么不够的?"

台上青衣浑似我

凤歌仰起头,向南的天色已是一派苍灰,年关刚过春寒料峭,暮风声中他沉沉地叹了口气。郭班头见他神色已缓便拉转他带着往回走,一边叮嘱:"回去后赶紧把这些都忘了,千万记得,这才是对你段先生他们好。"

这之后郭凤歌果然绝口不提段以恒,连带段青也都不肯说到。世事荏苒,京中洪达班的名声却渐渐响亮。郭凤歌甚至曾被宣入金殿觐见,皇帝梁安钦点菊榜状元,不时还亲笔书以"绕梁三日"、"凤兮清音"之类的条幅,一时风头无两,梨园得意。

而此时远在南边群山环抱的青城,杜红衣正坐在城中最豪华雅致的酒楼最高层私间内,满面担忧地说:"这……不好吧?"

酒楼半个月前建成开张,收入颇丰。这私间位置很好,南可俯瞰市井远山,北窗之下则是酒楼的宽敞内堂,建着一座高大戏台,上悬四五重各色帷幔。这会儿正唱着一出《起解》。

窗阑微开,锣鼓声歇,胡琴继之咿呀而入,萧岐自狭长的缝隙中瞅着那个唱做中的小旦,叹口气转过身微笑着看向杜红衣。

杜红衣只当没听到那声叹息,仍是那么看着他等他答复。

"不好?红衣是厌了尘烟繁华想住回白石?"

十四 繁华褪去始繁华

萧岐脸上满是浑不在意，顾左右而言它。

杜红衣微微摇头，"萧岐，你知道他——"他顿了下，而后继续道，"他放你远走，为的是要你建学堂，好教他这天朝野无遗贤。"他一脸的正色，暗暗压下心底浮起的一丝嘲讽：野无遗贤，那萧岐算什么？

"学堂不是建了么？这可是方圆百里唯一一座气象宏大的学子聚所。"

"只是你几乎从不曾讲过学……"

萧岐笑了，"讲学之事学堂里的业师无一不能胜任。以红衣之明，岂不知这天下各朝各代少的并非才人，而是进阶之机，施展之地。他想的只是培育，我却连选拔也替他做了，还不够么？"

回头见杜红衣不答话只直直望着他，眼中似有不忍。自南颍寻得杜红衣那夜决意携他远走，红衣就常常在不经意时用这样的眼光看他，萧岐知道杜红衣的心底还有一个心结一直未得开解。于是略一思忖，继续说道："何况官役之苦，我少年时就已从老父平日感喟中省得。你我逢阳相遇，可曾见我有过半点为官之念？人生不过百年，名利尽如流烟，该做的能做的，我也已做过，此时更不必再做。劫后余生，红衣，如今我终于有你，岂肯再轻入彀中。"

这番话隐隐然心事全被切中，杜红衣睁着眼怔怔地瞧着萧岐说不出话来，半晌终于叹口气，"……讲学的事也罢了，不能有这酒楼。"

萧岐望着他不语，而后走过来抬手抚平他眉间皱纹，"你放心。"

杜红衣抬起头看着他。萧岐低沉的声音里有一种让人心安的东西。

萧岐冲他一笑，自窗边远眺繁华市井悠悠远山，"当初是他要做后人口中的无双明主，呵呵，'勾践朕不屑为也'，陶朱臣岂敢有辞？既放过我，就再无他回头之路。如今天下谁不知萧右丞已被斩首，有道是君无戏言令无虚下，我已是梁有信，动静越大，越能保全。他再不能动我们了，因他堵不住那悠悠之口。"

杜红衣听完久久未语，忽而一粲，"都说是关心则乱，我总算知道这种滋味了。只是有一事，所谓'云山清净'，他终究也是解人一个。"

"且不提这学堂，我萧岐平生所学曾供差遣，一朝算计性命都将不保，难道还不够酬报？"

杜红衣低头一笑，再不言语。

萧岐见他笑得释然，眉目间疏朗俊美，只可惜右脸上疤痕未尽，不免遗憾。他伸指轻轻划过杜红衣的脸庞，"这酒楼就是盘缠，你想

十四 繁华褪去始繁华

去哪，我们就能去哪。一时倦了老了，还有白石可供颐养。红衣你说，你就在这里……我这是哪辈子修来的福分……"

时已春半，杜红衣午眠过后门上剥啄有声，段青恭恭敬敬地引了一位儒雅郎中进来。

杜红衣忙起身相迎，"又要偏劳文先生。我近日对镜仔细察看，这痕迹已然轻微，再用上些药大约就可消除殆尽，先生却还不辞劳烦，往来殷勤看视，盛意如此教以恒何以为报。"

文郎中倒不见外，进来放下药箱，听他说着手上一点也不慢，揭下他脸上覆纱，开箱取药清洗再敷药换了新纱依旧包上。忙定之后才微微一笑，"段先生何须不安，其实你有一个法子可以报答，只是不愿。"

"还请先生指教。"

文郎中却不再提，只管慢条斯理地理他的药箱，完了推门就要走人。杜红衣赶忙拦住，"先生，以恒并非虚以为礼，是真心求报。"

文郎中看他言辞恳切，停了脚步慢吞吞地说："梁老板建此酒楼，好大的手笔。偏偏文某人酸儒之外还是个戏迷，自然对梁老板感佩不已，梁老板但有所求，文某能稍尽心意已是欣欣然无可名状，何况所求正是我所长，又怎会孜孜于报酬一事？只近来曾听梁老板言及段先生当年神乎其技，向往之下恨不能亲临目睹。文某不才，为段先生疗伤算不得什么难事。段先生一定要报，不知能否再次登台演绎一回？"

杜红衣听罢愣住，倏然记起萧岐那声曾被他刻意忽略的叹息。

在白石拿到酒楼图纸，萧岐对杜红衣说闲日无聊他也要写一折戏所以造此戏台。

后来建成，首场戏就是《落红》。

青城位处山区，虽是这一片的大城，终究比不得南颍逢阳，请来的戏班并不如何闻名。杜红衣那天带着段青从白石赶来，原本是想着要给萧岐一个意外的道贺。进了内堂，正赶上终幕。

场内爆满，账房老刘极力带着他们要往前台去。眼看着萧岐就在左侧不远，老刘想出声喊他，被杜红衣阻住。

杜红衣隔着人群遥遥坐着，听台上青衣戚戚而歌。他看到萧岐微侧着头脸上不时流露憾意，双唇开合在跟着那青衣轻轻哼唱。

事后萧岐歉意地笑，说只此一次聊慰瘾头再不会有。

杜红衣站在那里一瞬间往事翻涌，说不出的复杂感受流淌了满心满身。这边文郎中却已深施一礼，"文某冒昧，先生就请忘了我适

十四 繁华褪去始繁华

才所言。"说完转了身就推门而去。

"段先生,要梳头了。"耳旁响起轻声的提醒,杜红衣回过神看了眼镜中妆彩停匀已经勾好的脸。手上的功夫还在。他转眼对身后伺候着的人点了点头。

勒头,贴片,戴泡子……熟练的手在他头上上下翻弄着,杜红衣端坐椅上就这么一瞬不瞬地看着。

"好了。"后面轻舒一口气,然后情不自禁地赞美,"段先生,真好看。"

是啊,是真好看。十多年过去,厚重的妆粉之下风霜丝毫不能驻足,镜中人依然还是当年那个红极一时的青衣。

只是一瞥眼,身后站着的再不是那个知情知意的周全。

杜红衣攥紧手中的衣襟,掌心的疼痛终于压下要上涌的悲伤。

他抬起头朝向微暗的虚空。周全,你可是在看着?你看这酒楼,你看,萧岐在前台坐着,这是我的戏台。

熟悉的曲调一一响起,杜红衣独自静静立在后台,恍惚有一种不真实感。往事缓缓流过心头。他记得曾写道暗夜良长,却不道今日有尽;谁说花期已误,春山正好,只候着彩云飞,笙箫落,双孔雀。

　　胡琴拉上了前奏，门帘微掀，有人在说："段先生，要上场了。"
"嗯。"
　　杜红衣挑开帘子来到大幕边，人声琴音骤然响亮，直直扑面而来。他定住了，忽然情怯，嗓子眼发紧，仿如幼年时第一次登台，惶然不知所措。忙侧过头，身边及时递上水，啜了口含住，缓缓咽下，一口长气尚未吸全，背上被人轻轻一点，他下意识一步跨出。

　　眼前大亮，几乎听不见胡琴声响。只刹那间他已看到萧岐眼中不能置信的震惊，由不得心底浅浅一笑，霎时安稳下来，一声长音从容吐出。

　　如果一切能重来，他再不要有种种的分离。只是如今他已不再后悔，有一种春天它永不会离去。
　　如果点点落红无可避免，也再不入那愁人之眼。它分明是春天挥霍去的欢乐，尽可以久久珍藏。

　　杜红衣在台上人戏不分。台下却有一个人静悄悄退出场。
　　一路清静，酒楼里的歌喉太过美妙了。文郎中一边走一边禁不

十四 繁华褪去始繁华

住地勾起嘴角。

回到家中,在长廊立了会,文郎中向廊檐下的鸟架子伸出手,一只灰鸽乖巧地飞来停在他指尖。他从怀中摸出早已写好的纸卷,打开鸽足上的小筒放了进去。手一抖,灰鸽向着长京方向扑棱飞去。

"无不妥。敬请归。"

"卿本是繁华相,着落这人间苦捱风雨。"

袅袅余音渐止,杜红衣抛开的水袖散在阑干上,高大的酒楼挡不住四月的明媚春光,他微合的眼中尽是光彩闪动。

短暂的静默之后潮水般的喝彩声一波又一波。杜红衣低下眼扫过一众欣喜震撼的脸,定在台前萧岐的面庞。

他看到众人癫狂而他独坐在那里,默默地看着他在笑。

他敛目回他微微一笑,收回水袖团团谢过一礼躬身退场。

图书在版编目(CIP)数据

台上青衣浑似我/行行渐远著.—上海：上海社会科学院出版社,2016
ISBN 978-7-5520-1717-5

Ⅰ.①台… Ⅱ.①行… Ⅲ.①长篇小说-中国-当代 Ⅳ.①I247.5

中国版本图书馆 CIP 数据核字(2017)第 003969 号

台上青衣浑似我

著　　者：行行渐远
责任编辑：王晨曦　冯亚男
封面设计：周清华
出版发行：上海社会科学院出版社
　　　　　上海顺昌路 622 号　邮编 200025
　　　　　电话总机 021-63315900　销售热线 021-53063735
　　　　　http://www.sassp.org.cn　E-mail：sassp@sass.org.cn
照　　排：南京理工出版信息技术有限公司
印　　刷：上海天地海设计印刷有限公司
开　　本：890×1240 毫米　1/32 开
印　　张：6
字　　数：107 千字
版　　次：2017 年 4 月第 1 版　2017 年 4 月第 1 次印刷

ISBN 978-7-5520-1717-5/I·224　　　　定价：35.80 元

版权所有　翻印必究